한국인이 가장
많이 쓰는 관용어

韓國人最常用的
慣用語

韓文字是由基本母音、基本子音、複合母音、氣音和硬音所構成。

其組合方式有以下幾種：

1.子音加母音，例如：저(我)
2.子音加母音加子音，例如：밤（夜晚）
3.子音加複合母音，例如：위（上）
4.子音加複合母音加子音，例如：관（官）
5.一個子音加母音加兩個子音，如：값（價錢）

簡易拼音使用方式：

1. 為了讓讀者更容易學習發音，本書特別使用「簡易拼音」來取代一般的羅馬拼音。
   規則如下，
   例如：
   그러면 우리 집에서 저녁을 먹자.
   geu.reo.myeon/u.ri/ji.be.seo/jeo.nyeo.geul/meok.jja
   ----------普遍拼音
   geu.ro*.myo*n/u.ri/ji.be.so*/jo*.nyo*.geul/mo*k.jja
   ------------簡易拼音
   那麼，我們在家裡吃晚餐吧！

   文字之間的空格以「/」做區隔。
   不同的句子之間以「//」做區隔。

基本母音：

	韓國拼音	簡易拼音	注音符號
ㅏ	a	a	ㄚ
ㅑ	ya	ya	ㄧㄚ
ㅓ	eo	o*	ㄛ
ㅕ	yeo	yo*	ㄧㄛ
ㅗ	o	o	ㄡ
ㅛ	yo	yo	ㄧㄡ
ㅜ	u	u	ㄨ
ㅠ	yu	yu	ㄧㄨ
ㅡ	eu	eu	(ㄜ)
ㅣ	i	i	ㄧ

特別提示：

1. 韓語母音「ㅡ」的發音和「ㄜ」發音有差異，但嘴型要拉開，牙齒快要咬住的狀態，才發得準。
2. 韓語母音「ㅓ」的嘴型比「ㅗ」還要大，整個嘴巴要張開成「大O」的形狀，
   「ㅗ」的嘴型則較小，整個嘴巴縮小到只有「小o」的嘴型，類似注音「ㄡ」。
3. 韓語母音「ㅕ」的嘴型比「ㅛ」還要大，整個嘴巴要張開成「大O」的形狀，
   類似注音「ㄧㄛ」，「ㅛ」的嘴型則較小，整個嘴巴縮小到只有「小o」的嘴型，類似注音「ㄧㄡ」。

基本子音：

	韓國拼音	簡易拼音	注音符號
ㄱ	g,k	k	ㄎ
ㄴ	n	n	ㄋ
ㄷ	d,t	d,t	ㄊ
ㄹ	r,l	l	ㄌ
ㅁ	m	m	ㄇ
ㅂ	b,p	p	ㄆ
ㅅ	s	s	ㄙ,(ㄒ)
ㅇ	ng	ng	不發音
ㅈ	j	j	ㄗ
ㅊ	ch	ch	ㄘ

特別提示：

1. 韓語子音「ㅅ」有時讀作「ㄙ」的音，有時則讀作「ㄒ」的音。「ㄒ」音是跟母音「ㅣ」搭在一塊時，才會出現。
2. 韓語子音「ㅇ」放在前面或上面不發音；放在下面則讀作「ng」的音，像是用鼻音發「嗯」的音。
3. 韓語子音「ㅈ」的發音和注音「ㄗ」類似，但是發音的時候更輕，氣更弱一些。

氣音：

	韓國拼音	簡易拼音	注音符號
ㅋ	k	k	ㄎ
ㅌ	t	t	ㄊ
ㅍ	p	p	ㄆ
ㅎ	h	h	ㄏ

特別提示:

1. 韓語子音「ㅋ」比「ㄱ」的較重，有用到喉頭的音，音調類似國語的四聲。
   ㅋ＝ㄱ＋ㅎ
2. 韓語子音「ㅌ」比「ㄷ」的較重，有用到喉頭的音，音調類似國語的四聲。
   ㅌ＝ㄷ＋ㅎ
3. 韓語子音「ㅍ」比「ㅂ」的較重，有用到喉頭的音，音調類似國語的四聲。
   ㅍ＝ㅂ＋ㅎ

複合母音：

	韓國拼音	簡易拼音	注音符號
ㅐ	ae	e*	ㄝ
ㅒ	yae	ye*	ㄧㄝ
ㅔ	e	e	ㄟ
ㅖ	ye	ye	ㄧㄟ
ㅘ	wa	wa	ㄨㄚ
ㅙ	wae	we*	ㄨㄝ
ㅚ	oe	we	ㄨㄟ
ㅞ	we	we	ㄨㄟ
ㅝ	wo	wo	ㄨㄛ
ㅟ	wi	wi	ㄨㄧ
ㅢ	ui	ui	ㄜㄧ

特別提示：

1. 韓語母音「ㅐ」比「ㅔ」的嘴型大，舌頭的位置比較下面，發音類似「ae」；「ㅔ」的嘴型較小，舌頭的位置在中間，發音類似「e」。不過一般韓國人讀這兩個發音都很像。

2. 韓語母音「ㅒ」比「ㅖ」的嘴型大，舌頭的位置比較下面，發音類似「yae」；「ㅖ」的嘴型較小，舌頭的位置在中間，發音類似「ye」。不過很多韓國人讀這兩個發音都很像。

3. 韓語母音「ㅚ」和「ㅞ」比「ㅙ」的嘴型小些，「ㅙ」的嘴型是圓的；「ㅚ」、「ㅞ」則是一樣的發音。不過很多韓國人讀這三個發音都很像，都是發類似「we」的音。

硬音：

	韓國拼音	簡易拼音	注音符號
ㄲ	kk	g	ㄍ
ㄸ	tt	d	ㄉ
ㅃ	pp	b	ㄅ
ㅆ	ss	ss	ㄙ
ㅉ	jj	jj	ㄗ

特別提示：

1. 韓語子音「ㅆ」比「ㅅ」用喉嚨發重音，音調類似國語的四聲。
2. 韓語子音「ㅉ」比「ㅈ」用喉嚨發重音，音調類似國語的四聲。

*表示嘴型比較大

C O N T E N T S

第一章　常用詞彙篇

第二章　飲食生活

第三章　日常生活

第四章　人生與成就

第五章　休閒娛樂

第六章　困難與疾病

第七章　自然與動植物

第八章　經濟與法律

第九章　其他

常用
詞彙篇。

Chapter 1

常用代名詞

나 na 我

例句

나 지금 집에 돌아가야 돼!
na/ji.geum/ji.be/do.ra.ga.ya/dwe*
我現在該回去了。

나 좀 도와줘요.
na/jom/do.wa.jwo.yo
幫幫我吧。

그 일은 나도 할 수 있어요.
geu/i.reun/na.do/hal/ssu/i.sso*.yo
那件事我也會。

지금 現在　집 家　돌아가다 回去　도와주다 幫忙
일 工作、事情　하다 做

저 jo* 我 (나的謙語)

例句

저는 이미 대학교를 졸업했어요.
jo*.neun/i.mi/de*.hak.gyo.reul/jjo.ro*.pe*.sso*.yo
我已經大學畢業了。

저도 우산 없어요.

jo*.do/u.san/o*p.sso*.yo

我也沒有雨傘。

저를 만나고 싶으면 전화하세요.

jo*.reul/man.na.go/si.peu.myo*n/jo*n.hwa.ha.se.yo

如果想見我，請打電話給我。

이미 已經　**대학교** 大學　**졸업하다** 畢業　**우산** 雨傘
전화하다 打電話

내가　ne*.ga　我（나＋主格助詞가）

例句

내가 너무 바빠서 좀 도와 줄 수 있어요?

ne*.ga/no*.mu/pa.ba.so*/jom/to.wa/jul.su/i.sso*.yo

我現在很忙，你可以幫忙我嗎？

이번에는 내가 할게요.

i.bo*.ne.neun/ne*.ga/hal.ge.yo

這次由我來做。

내가 급한 일이 있으니까 나중에 얘기하자.

ne*.ga/geu.pan/i.ri/i.sseu.ni.ga/na.jung.e/ye*.gi.ha.ja

我有急事，以後再説吧！

너무 很、非常　**바쁘다** 忙碌　**이번** 這次　**급하다** 緊急
일 事情　**얘기하다** 説話、聊天

나는　na.neun　我（나＋補助助詞는）

例句

나는 악기는 전혀 몰라요.

na.neun/ak.gi.neun/jo*n.hyo*/mol.la.yo

我一點也不懂樂器。

나는 드라마보다 영화가 더 좋아.

na.neun/deu.ra.ma.bo.da/yo*ng.hwa.ga/do*/jo.a

比起連續劇，我更喜歡電影。

나는 추위를 타는 사람이야.

na.neun/chu.wi.reul/ta.neun/sa.ra.mi.ya

我是怕冷的人。

악기 樂器　전혀 完全、全然　모르다 不懂、不知道
드라마 連續劇　추위 寒冷　사람 人

제가　je.ga　我（저＋主格助詞가）

例句

죄송합니다. 제가 잘못했습니다.

jwe.song.ham.ni.da//je.ga/jal.mo.te*t.sseum.ni.da

對不起，我錯了。

이것은 제가 해야 할 일입니다.

i.go*.seun/je.ga/he*.ya/hal/i.rim.ni.da

這是我應該做的事。

얼른 집에 가서 쉬세요. 일은 제가 알아서 할게요.

o*l.leun/ji.be/ga.so*/swi.se.yo//i.reun/je.ga/a.ra.so*/hal.ge.yo

你趕快回家休息吧！事情我來處理就好。

죄송하다 對不起　잘못하다 做錯　얼른 趕快　쉬다 休息

알다 知道

저는　jo*.neun　我（저＋補助助詞는）

例句

안녕하세요? 저는 박세경이라고 합니다.

an.nyo*ng.ha.se.yo//jo*.neun/bak.sse.gyo*ng.i.ra.go/ham.ni.da

您好嗎？我名叫朴世京。

저는 타이페이에 삽니다.

jo*.neun/ta.i.pe.i.e/sam.ni.da

我住在台北。

저는 커피와 콜라를 좋아해요.

jo*.neun/ko*.pi.wa/kol.la.reul/jjo.a.he*.yo

我喜歡咖啡和可樂。

타이페이 台北　살다 住　커피 咖啡　콜라 可樂　좋아하다 喜歡

당신　dang.sin　你（夫妻間用語、吵架的對象）

例句

당신은 누구십니까?
dang.si.neun/nu.gu.sim.ni.ga
你是哪位？

당신 정말 예쁘네요.
dang.sin/jo*ng.mal/ye.beu.ne.yo
你真的很漂亮呢！

당신은 여기 서서 뭘 봐요?
dang.si.neun/yo*.gi/so*.so*/mwol/bwa.yo
你站在這裡看什麼呢？

누구 誰　**정말** 真的　**예쁘다** 漂亮　**여기** 這裡　**서다** 站　**보다** 看

너　no*　你

例句

난 너를 사랑해.
nan/no*.reul/ssa.rang.he*
我愛你！

너는 누구야?
no*.neun/nu.gu.ya
你是誰啊？

너도 고등학생이야?
no*.do/go.deung.hak.sse*ng.i.ya
你也是高中生嗎？

사랑하다 愛　고등학생 高中生

너희 no*.hi 你們

例句

너희도 나를 만나러 여기에 온 거야?

no*.hi.do/na.reul/man.na.ro*/yo*.gi.e/on/go*.ya

你們也是來這裡看我的嗎？

너희는 어느 학교에서 왔니?

no*.hi.neun/o*.neu/hak.gyo.e.so*/wan.ni

你們是從哪所學校來的？

너희가 정치에 대해서 알아?

no*.hi.ga/jo*ng.chi.e/de*.he*.so*/a.ra

你們懂政治嗎？

너희 你們　만나다 見面　어느 哪一個　학교 學校　오다 來
정치 政治　알다 知道

저희 jo*.hi 我們

例句

저분은 저희 회사의 사장님입니다.

jo*.bu.neun/jo*.hi/hwe.sa.ui/sa.jang.ni.mim.ni.da

那位是我們公司的社長。

지난 주에 저희 할아버지께서 돌아가셨어요.

ji.nan/ju.e/jo*.hi/ha.ra.bo*.ji.ge.so*/do.ra.ga.syo*.sso*.yo

上周我爺爺過世了。

저희는 사실 대학원생입니다.

jo*.hi.neun/sa.sil/de*.ha.gwon.se*ng.im.ni.da

我們其實是研究所學生。

이번에도 저희가 우승했어요.

i.bo*.ne.do/jo*.hi.ga/u.seung.he*.sso*.yo

這次我們也獲勝了。

지난 주 上週　　**할아버지** 爺爺　　**돌아가시다** 過世　　**사실** 其實

대학원생 研究所學生　　**우승하다** 優勝、奪冠

우리　u.ri　我們

例句

여기는 사람이 많으니까 우리 다른 곳에 가자.

yo*.gi.neun/sa.ra.mi/ma.neu.ni.ga/u.ri/da.reun/go.se/ga.ja

這裡人很多，我們去別的地方吧！

여기가 우리 기숙사예요.

yo*.gi.ga/u.ri/gi.suk.ssa.ye.yo

這裡是我們的宿舍。

우리 아들은 사탕을 좋아하지 않아요.

u.ri/a.deu.reun/sa.tang.eul/jjo.a.ha.ji/a.na.yo

我兒子不喜歡吃糖果。

다른 其他的　**곳** 地方　**기숙사** 宿舍　**아들** 兒子　**사탕** 糖果
좋아하다 喜歡

그대　geu.de*　你（帶有親密感）

例句

그대의 생각은 어떤가?
geu.de*.ui/se*ng.ga.geun/o*.do*n.ga
你的想法如何？

그대처럼 그렇게 착한 사람은 많지 않다.
geu.de*.cho*.ro*m/geu.ro*.ke/cha.kan/sa.ra.meun/man.chi/an.ta
像你一樣那麼善良的人不多。

그대가 보고 싶다.
geu.de*.ga/bo.go/sip.da
我很想你。

생각 想法　**착하다** 善良、乖　**보다** 看

자네　ja.ne　你

例句

나는 자네만 믿네. 절대 실패하지 마.
na.neun/ja.ne.man/min.ne//jo*l.de*/sil.pe*.ha.ji/ma
我只相信你了，絕對不要失敗。

자네가 도대체 하고 싶은 말이 뭐야?

ja.ne.ga/do.de*.che/ha.go/si.peun/ma.ri/mwo.ya

你到底想説的話是什麼？

믿다 相信　**절대** 絕對　**실패하다** 失敗　**도대체** 到底、究竟

말 話語

그 geu 他

例句

다행히 그가 왔다.

da.he*ng.hi/geu.ga/wat.da

幸好他來了。

그가 바로 우리 반 반장이다.

geu.ga/ba.ro/u.ri/ban/ban.jang.i.da

他正是我們班的班長。

빨리 그를 찾았으면 좋겠다.

bal.li/geu.reul/cha.ja.sseu.myo*n/jo.ket.da

希望能快點找到他。

다행히 幸好、幸虧　**바로** 正是、就是　**반** 班級　**반장** 班長

빨리 快點　**찾다** 找尋

그녀 geu.nyo* 她

例句

난 그녀를 사랑하게 되었다.

nan/geu.nyo*.reul/ssa.rang.ha.ge/dwe.o*t.da

我愛上了那個女孩。

그녀의 반응은 너무나 이상하다.

geu.nyo*.ui/ba.neung.eun/no*.mu.na/i.sang.ha.da

她的反應太奇怪了。

그녀를 보면 어머니가 생각난다.

geu.nyo*.reul/bo.myo*n/o*.mo*.ni.ga/se*ng.gang.nan.da

看到她，就會想起媽媽。

그녀 她　　**사랑하다** 愛　　**반응** 反映　　**너무나** 太

이상하다 奇怪　　**어머니** 媽媽　　**생각나다** 想起來

얘　ye*　這個孩子（이 아이的縮寫）

例句

얘, 너 몇 살이냐?

ye*//no*/myo*t/sa.ri.nya

孩子，你幾歲？

얘는 내 아들이에요.

ye*.neun/ne*/a.deu.ri.e.yo

這孩子是我兒子。

몇 살 幾歲　　**아들** 兒子

이분　i.bun　這位（이 사람的敬語）

例句

혹시 이분이 배우 차태현입니까?
hok.ssi/i.bu.ni/be*.u/cha.te*.hyo*.nim.ni.ga
這位是演員車太賢嗎？

이분은 우리 한국어 선생님이세요.
i.bu.neun/u.ri/han.gu.go*/so*.n.se*ng.ni.mi.se.yo
這位是我們的韓國語老師。

이분은 김 여사님이시고 그분은 최 기자님이세요.
i.bu.neun/gim/yo*.sa.ni.mi.si.go/geu.bu.neun/chwe/gi.ja.ni.mi.se.yo
這位是金女士，那位是崔記者。

배우 演員　　한국어 韓國語　　선생님 老師　　여사 女士　　기자 記者

그분　geu.bun　那位

例句

그분이 아직 살아있거든요.
geu.bu.ni/a.jik/sa.ra.it.go*.deu.nyo
他還活著哦！

그분은 지금 사무실에 계십니까?
geu.bu.neun/ji.geum/sa.mu.si.re/gye.sim.ni.ga
那位現在在辦公室嗎？

그분이 아마 저녁 7시에 여기에 오실 겁니다.

geu.bu.ni/a.ma/jo*.nyo*k/il.gop.ssi.e/yo*.gi.e/o.sil/go*m.ni.da

那位應該晚上七點會來這裡。

아직 尚、還 **살아있다** 活著 **지금** 現在 **사무실** 辦公室
계시다 在 **아마** 大概

이 사람 i/sa.ram 這個人

例句

이 사람은 제 친구 최은주입니다.

i/sa.ra.meun/je/chin.gu/chwe.eun.ju.im.ni.da

這位是我的朋友崔恩宙。

이 사람은 머리가 좋습니다.

i/sa.ra.meun/mo*.ri.ga/jo.sseum.ni.da

這個人頭腦很好。

이 사람은 경찰관이다.

i/sa.ra.meun/gyo*ng.chal.gwa.ni.da

這個人是警察。

친구 朋友 **머리** 頭 **좋다** 好 **경찰관** 警察

그 사람 geu/sa.ram 那個人

例句

설마 그 사람을 잊지는 않았겠지?

so*l.ma/geu/sa.ra.meul/it.jji.neun/a.nat.get.jji

你該不會忘記那個人了吧？

그 사람도 여기에 올까?

geu/sa.ram.do/yo*.gi.e/ol.ga

那個人也會來這裡嗎？

그 사람을 사랑하지 마요.

geu/sa.ra.meul/ssa.rang.ha.ji/ma.yo

不要愛上那個人。

설마 該不會、難道　**잊다** 忘記　**여기** 這裡　**오다** 來　**사랑하다** 愛

내　ne*　我的

例句

이 사람이 바로 내 언니다.

i/sa.ra.mi/ba.ro/ne*/o*n.ni.da

這個人就是我的姊姊。

난 내 남자친구와 헤어졌어요.

nan/ne*/nam.ja.chin.gu.wa/he.o*.jo*.sso*.yo

我和我男朋友分手了。

그게 내 거 아니야?

geu.ge/ne*.go*/a.ni.ya

那不是我的東西嗎？

바로 就是、正是　언니 姊姊　남자친구 男朋友　헤어지다 分手

제　je　我的（謙虛用語）

例句

잠시만요. 제 말 아직 끝나지 않았어요.

jam.si.ma.nyo//je/mal/a.jik/geun.na.ji/a.na.sso*.yo

稍等一下，我的話還沒說完。

제 이름은 정은입니다.

je/i.reu.meun/jo*ng.eu.nim.ni.da

我的名字是貞恩。

제 방은 삼층에 있습니다.

je/bang.eun/sam.cheung.e/it.sseum.ni.da

我的房間在三樓。

잠시 暫時　말 話　아직 還、尚　끝나다 結束　이름 名字
방 房間　삼층 三樓

이　i　這

例句

이 옷은 얼마예요?

i/o.seun/o*l.ma.ye.yo

這衣服多少錢？

이 가방이 너무 마음에 들어요.

i/ga.bang.i/no*.mu/ma.eu.me/deu.ro*.yo

我很喜歡這個包包。

이 서류 좀 복사해 주세요. 부탁해요.

i/so*.ryu/jom/bok.ssa.he*/ju.se.yo//bu.ta.ke*.yo

請幫我影印這份文件，麻煩你了。

얼마 多少　**가방** 包包　**마음** 心、心腸　**서류** 文件、文書

복사하다 影印　**부탁하다** 麻煩、拜託

그 geu 那

例句

그 여자가 누구야? 애인?

geu/yo*.ja.ga/nu.gu.ya//e*.in

那女生是誰啊？愛人？

거기 책상이 있어요. 카메라가 그 위에 있어요.

go*.gi/che*k.ssang.i/i.sso*.yo//ka.me.ra.ga/geu/wi.e/i.sso*.yo

那裡有書桌，相機在那上面。

그 영어 사전 좀 빌려 줄래요?

geu/yo*ng.o*/sa.jo*n/jom/bil.lyo*/jul.le*.yo

可以借我一下那本英語字典嗎？

여자 女生　**애인** 愛人　**책상** 書桌　**카메라** 相機　**위** 上面

영어 英語　**사전** 字典　**빌리다** 借

저 jo* 那（距離較遠的）

例句

저 남자 멋있지 않아?
jo*/nam.ja/mo*.sit.jji/a.na
你不覺得那男生很帥氣嗎？

저 건물이 뭐예요?
jo*/go*n.mu.ri/mwo.ye.yo
那棟建築物是什麼？

남자 男生　　멋있다 帥、好看　　건물 建築物

이것 i.go*t 這個

例句

생일 축하한다. 이것은 선물이다.
se*ng.il.chu.ka.han.da//i.go*.seun/ so*n.mu.ri.da
生日快樂！這是禮物。

이것은 무엇입니까?
i.go*.seun/mu.o*.sim.ni.ga
這是什麼？

이것은 잡지입니다.
i.go*.seun/jap.jji.im.ni.da
這是雜誌。

생일 生日　축하하다 祝賀　선물 禮物　무엇 什麼　잡지 雜誌

그것　geu.go*t　那個

例句

그것은 무슨 뜻입니까?
geu.go*.seun/mu.seun/deu.sim.ni.ga
那是什麼意思？

어차피 그것은 별 소용 없어요.
o*.cha.pi/geu.go*.seun/byo*l/so.yong/o*p.sso*.yo
反正那東西也沒什麼用處。

무슨 什麼的　뜻 意思、意義　어차피 反正、無論如何　별 特別
소용 用處、用場

저것　jo*.go*t　那個（距離較遠的）

例句

이것은 저것과 똑같아요.
i.go*.seun/jo*.go*t.gwa/dok.ga.ta.yo
這個和那個一樣。

저것은 가게 간판입니다.
jo*.go*.seun/ga.ge/gan.pa.nim.ni.da
那個是商店招牌。

저것은 창문이 아닙니다.
jo*.go*.seun/chang.mu.ni/a.nim.ni.da
那不是窗戶。

똑같다 一模一樣　　**가게** 商店　　**간판** 招牌　　**창문** 窗戶　　**아니다** 不是

N 이/가 아니다　i/ga a.ni.da　不是N

例句

저는 대학원생이 아닙니다.
jo*.neun/de*.ha.gwon.se*ng.i/a.nim.ni.da
我不是研究所學生。

여기는 학교가 아니에요.
yo*.gi.neun/hak.gyo.ga/a.ni.e.yo
這裡不是學校。

아니다 不是　　**대학원생** 研究所學生　　**여기** 這裡　　**학교** 學校

常用疑問詞

누구　nu.gu　誰

例句

실례하지만 누구십니까?

sil.lye.ha.ji.man/nu.gu.sim.ni.ga

不好意思，請問您是哪位？

이게 누구야? 못 알아보겠어.

i.ge/nu.gu.ya//mot/a.ra.bo.ge.sso*

這是誰啊？差點認不出來。（對方打扮不同或穿新衣服時）

이 소식은 누구한테서 들었어요?

i/so.si.geun/nu.gu.han.te.so*/deu.ro*.sso*.yo

這消息你是從哪聽到的？

어디서 오신 누구십니까?

o*.di.so*/o.sin/nu.gu.sim.ni.ga

您是從哪來的哪位呢？

실례하다 失禮　**알아보다** 認出、看懂　**소식** 消息　**듣다** 聽
어디 哪裡　**오다** 來

누가　nu.ga　誰（누구＋主格助詞가）

例句

韓國人最常用的
慣用語

누가 그랬어?

nu.ga/geu.re*.sso*

誰做的？

누가 와서 제 컴퓨터를 좀 고쳐 주실 수 있을까요?

nu.ga/wa.so*/je/ko*m.pyu.to*.reul/jjom/go.cho*/ju.sil/su/i.sseul.ga.yo

誰可以過來幫我修電腦？

이번 선거에서는 누가 당선될거라고 생각하십니까?

i.bo*n/so*n.go*.e.so*.neun/nu.ga/dang.so*n.dwel.go*.ra.go/se*ng.

ga.ka.sim.ni.ga

你認為這次選舉誰會當選？

이 그림은 누가 그렸어요?

i/geu.ri.meun/nu.ga/geu.ryo*.sso*.yo

這幅圖是誰畫的？

그렇다 那樣　　**컴퓨터** 電腦　　**고치다** 修理　　**선거** 選舉

당선되다 當選　　**그림** 圖畫　　**그리다** 畫

무엇　mu.o*t　什麼

例句

설날에는 한국 사람들은 무엇을 먹습니까?

so*l.la.re.neun/han.guk/sa.ram.deu.reun/mu.o*.seul/mo*k.sseum.

ni.ga

春節的時候韓國人會吃什麼？

오늘의 주요 뉴스는 무엇입니까?

o.neu.rui/ju.yo/nyu.seu.neun/mu.o*.sim.ni.ga

今天主要的新聞是什麼？

디저트는 무엇이 있어요?

di.jo*.teu.neun/mu.o*.si/i.sso*.yo

餐後甜點有什麼？

대학에서 무엇을 전공했어요?

de*.ha.ge.so*/mu.o*.seul/jjo*n.gong.he*.sso*.yo

你大學主修什麼呢？

설날	春節	한국	韓國	주요	主要	뉴스	新聞
디저트	飯後甜點	대학	大學	전공하다	專攻、主修		

아무도　a.mu.do　誰也不…

例句

걱정하지 마세요. 그 일은 아무도 모를 거예요.

go*k.jjo*ng.ha.ji/ma.se.yo//geu.i.reun/a.mu.do/mo.reul/go*.ye.yo

別擔心！那件事誰也不會知道的。

친구 집에 갔으나 아무도 없었어요.

chin.gu/ji.be/ga.sseu.na/a.mu.do/o*p.sso*.sso*.yo

去了朋友家，但沒有人在。

걱정하다	擔心	모르다	不知道	친구	朋友	집	家	없다	沒有

아무것도　a.mu.go*t.do　什麼東西也…

例句

저를 묻지 마세요. 저는 아무것도 모릅니다.

jo*.reul/mut.jji/ma.se.yo//jo*.neun/a.mu.go*t.do/mo.reum.ni.da

不要問我，我什麼都不知道。

긴장하지 말아요. 아무것도 아니에요.

gin.jang.ha.ji/ma.ra.yo//a.mu.go*t.do/a.ni.e.yo

不要緊張，那沒什麼。

묻다 問　　**긴장하다** 緊張　　**아니다** 不是

무슨　mu.seun　什麼的

例句

오늘은 무슨 요일입니까?

o.neu.reun/mu.seun/yo.i.rim.ni.ga

今天星期幾？

무슨 계절을 좋아합니까?

mu.seun/gye.jo*.reul/jjo.a.ham.ni.ga

你喜歡什麼季節？

오늘 무슨 날인지 알아요?

o.neul/mu.seun/na.rin.ji/a.ra.yo

你知道今天是什麼日子嗎？

이 날에 무슨 경축행사를 합니까?

i/na.re/mu.seun/gyo*ng.chu.ke*ng.sa.reul/ham.ni.ga

這一天會有什麼慶祝儀式呢？

요일 星期 　**계절** 季節 　**좋아하다** 喜歡 　**알다** 知道
경축행사 慶祝活動

어떤　o*.do*n　什麼樣的

例句

어떤 특별한 음식이 있습니까?

o*.do*n/teuk.byo*l.han/eum.si.gi/it.sseum.ni.ga

有什麼特別的菜色嗎？

어떤 일에든지 성실하시군요.

o*.do*n/i.re.deun.ji/so*ng.sil.ha.si.gu.nyo

您對每件事都很誠實呢！

어떤 운동을 좋아해요?

o*.do*n/un.dong.eul/jjo.a.he*.yo

你喜歡什麼運動？

어떤 이유로 그 동아리에 가입하려고 해요?

o*.do*n/i.yu.ro/geu/dong.a.ri.e/ga.i.pa.ryo*.go/he*.yo

何種原因讓你想加入那個社團呢？

특별하다 特別 　**성실하다** 誠實、老實 　**이유** 理由 　**동아리** 社團
가입하다 加入

어느 o*.neu 哪一個

例句

어느 나라 사람입니까?

o*.neu/na.ra/sa.ra.mim.ni.ga

您是哪一國人呢?

어느 분이 절 도와 주시겠어요?

o*.neu/bu.ni/jo*l/do.wa/ju.si.ge.sso*.yo

誰能幫我的忙?

어느 대학에 다니십니까?

o*.neu/de*.ha.ge/da.ni.sim.ni.ga

您在哪所大學就讀呢?

죄송하지만 병원이 어느 쪽입니까?

jwe.song.ha.ji.man/byo*ng.wo.ni/o*.neu/jjo.gim.ni.ga

不好意思,請問醫院在哪個方向呢?

나라 國家 **다니다** 來往、上(課、班) **병원** 醫院 **쪽** 方向

어디 o*.di 哪裡

例句

여기는 어디입니까?

yo*.gi.neun/o*.di.im.ni.ga

這裡是哪裡?

가까운 기차역이 어디입니까?

ga.ga.un/gi.cha.yo*.gi/o*.di.im.ni.ga

附近的火車站在哪裡？

어디에 가요?

o*.di.e/ga.yo

你要去哪裡？

어디에 가는 길이에요?

o*.di.e/ga.neun/gi.ri.e.yo

你正要去哪裡？

어디 哪裡　**가깝다** 近　**기차역** 火車站　**가다** 去　**길** 路上

언제　o*n.je　何時

例句

점심 식사는 언제예요?

jo*m.sim/sik.ssa.neun/o*n.je.ye.yo

午餐時間是何時？

언제 출발하세요?

o*n.je/chul.bal.ha.sse.yo

什麼時候出發？

언제 미국에 갈 거예요?

o*n.je/mi.gu.ge/gal/go*/ye.yo

你何時去美國呢？

월급날이 언제입니까?

wol.geum.na.ri/o*n.je.im.ni.ga

發薪日是何時呢？

점심 午餐、中午 **출발하다** 出發 **미국** 美國 **월급날** 發薪日

몇 myo*t 幾

例句

가족이 몇 명이세요?

ga.jo.gi/myo*t/myo*ng.i.se.yo

你家有幾個人？

지금 몇 시예요?

ji.geum/myo*t/si.ye.yo

現在幾點？

오늘은 몇 월 며칠이에요?

o.neu.reun/myo*t/wol/myo*.chi.ri.e.yo

今天是幾月幾號呢？

동대문으로 가는 버스가 몇 번입니까?

dong.de*.mu.neu.ro/ga.neun/bo*.seu.ga/myo*t/bo*.nim.ni.ga

往東大門的公車是幾號？

가족 家人 **몇 명** 幾位 **지금** 現在 **몇 월** 幾月 **며칠** 幾號、幾天

버스 公車

얼마 o*l.ma 多少

例句

아줌마, 이거 얼마예요?
a.jum.ma//i.go*/o*l.ma.ye.yo
阿姨，這多少錢？

입장료가 얼마입니까?
ip.jjang.nyo.ga/o*l.ma.im.ni.ga
門票多少錢？

사이즈는 얼마인가요?
sa.i.jeu.neun/o*l.ma.in.ga.yo
尺寸多大？

일본어를 얼마동안 배우셨어요?
il.bo.no*.reul/o*l.ma.dong.an/be*.u.syo*.sso*.yo
日本語學了多久了呢？

아줌마 阿姨 　**입장료** 入場費 　**사이즈** 尺寸 　**일본어** 日語
동안 期間 　**배우다** 學習

얼마나 o*l.ma.na 多少、多麼

例句

그 곳까지 얼마나 걸리죠?
geu/got.ga.ji/o*l.ma.na/go*l.li.jyo
到那裡要花多少時間？

난 얼마나 후회했는지 몰라.
nan/o*l.ma.na/hu.hwe.he*n.neun.ji/mol.la
我不知道有多後悔。

한국에 온 지 얼마나 됐어요?
han.gu.ge/on/ji/o*l.ma.na/dwe*.sso*.yo
你來韓國多久了？

키가 얼마나 되죠?
ki.ga/o*l.ma.na/dwe.jyo
你的身高是多少？

걸리다 花費（時間）　**후회하다** 後悔　**모르다** 不知道　**한국** 韓國

키 個子、身高

왜 we* 為什麼

例句

표정이 왜 그래? 무슨 일 있어?
pyo.jo*ng.i/we*/geu.re*//mu.seun/il/i.sso*
怎麼那種表情？有什麼事嗎？

이런 일은 왜 나한테 말해 주지 않았니?
i.ro*n/i.reun/we*/na.han.te/mal.he*/ju.ji/a.nan.ni
這種事怎麼沒告訴我？

왜 안 드세요? 피자 안 좋아해요?

we*/an/deu.se.yo//pi.ja/an/jo.a.he*.yo

為什麼不吃呢？不喜歡披薩嗎？

왜 이렇게 비싸요?

we*/i.ro*.ke/bi.ssa.yo

為什麼會這麼貴？

표정 表情　　말하다 說、說話　　피자 披薩　　좋아하다 喜歡

비싸다 貴

常用時間語彙

요즘　yo.jeum　最近

例句

요즘 돈이 없어서 힘들어요.

yo.jeum/do.ni/o*p.sso*.so*/him.deu.ro*.yo

最近沒有錢，好辛苦。

요즘 일이 너무 많아서 제시간에 퇴근할 수 없어요.

yo.jeum/i.ri/no*.mu/ma.na.so*/je.si.ga.ne/twe.geun.hal/ssu/

o*p.sso*.yo

最近工作很多，無法準時下班。

돈 錢　**없다** 沒有　**힘들다** 辛苦、吃力　**일** 事情、工作

너무 太、很　**제시간** 準時　**퇴근하다** 下班

이제　i.je　現在

例句

이제 곧 12시입니다.

i.je/got/yo*l.du.si.im.ni.da

馬上就要12點了。

이제 본론으로 들어갑니다.

i.je/bol.lo.neu.ro/deu.ro*.gam.ni.da

我們進入正題吧。

저는 이제 가야 될 것 같습니다.

jo*.neun/i.je/ga.ya/dwel/go*t/gat.sseum.ni.da

我現在該走了。

곧 馬上　열두 十二　본론 正題、主題　들어가다 進去　가다 去

지금 ji.geum 現在

例句

지금 뭘 하고 있습니까?

ji.geum/mwol/ha.go/it.sseum.ni.ga

你在做什麼？

제가 지금 있는 곳이 어디입니까?

je.ga/ji.geum/in.neun/go.si/o*.di.im.ni.ga

我現在的位置在哪裡？

내일 시험이 있어서 지금 공부하고 있어요.

ne*.il/si.ho*.mi/i.sso*.so*/ji.geum/gong.bu.ha.go/i.sso*.yo

因為明天有考試，所以我在讀書。

하다 做　곳 地方　어디 哪裡　내일 明天　시험 考試
공부하다 讀書

그때 geu.de* 那時候

例句

韓國人最常用的 慣用語

그때는 전 아무것도 몰랐어요.

geu.de*.neun/jo*n/a.mu.go*t.do/mol.la.sso*.yo

那個時候我什麼都不知道。

그때는 내가 아버지를 이해할 수 없었다.

geu.de*.neun/ne*.ga/a.bo*.ji.reul/i.he*.hal/ssu/o*p.sso*t.da

那個時候我無法理解父親。

저 我　아무것도 什麼也　모르다 不知道　아버지 爸爸
이해하다 理解

곧　got　馬上

例句

내가 서울에 도착하자마자 곧 전화할게요.

ne*.ga/so*.u.re/do.cha.ka.ja.ma.ja/got/jo*n.hwa.hal.ge.yo

我一到首爾就打電話給你。

곧 당신에게 돌아 올게요.

got/dang.si.ne.ge/do.ra/ol.ge.yo

我會馬上回到你的身邊。

서울 首爾　도착하다 抵達　전화하다 打電話　당신 您
돌아가다 回去

금방　geum.bang　馬上

例句

전화를 끊지 마세요. 금방 연결해 드릴게요.

jo*n.hwa.reul/geun.chi/ma.se.yo//geum.bang/yo*n.gyo*l.he*/

deu.ril.ge.yo

請您別掛斷電話，馬上幫您接通。

구급차가 금방 도착할 겁니다.

gu.geup.cha.ga/geum.bang/do.cha.kal/go*m.ni.da

救護車馬上就會到。

전화 電話　**끊다** 中斷、切斷　**연결하다** 連接　**구급차** 救護車

도착하다 抵達

방금　bang.geum　剛才

例句

방금 뭘 했어요?

bang.geum/mwol/he*.sso*.yo

你剛才在做什麼？

방금 말씀하신 건 잘 알아듣지 못했어요.

bang.geum/mal.sseum.ha.sin/go*n/jal/a.ra.deut.jji/mo.te*.sso*.yo

您剛才說的我聽不太懂。

말씀하다 說話（말하다的敬語）　**잘** 好好地　**알아듣다** 聽懂

벌써　bo*l.sso*　已經

例句

벌써 술을 끊으셨습니까?

bo*l.sso*/su.reul/geu.neu.syo*t.sseum.ni.ga

您已經戒酒了嗎？

죄송합니다. 그 시간엔 예약이 벌써 다 찼습니다.

jwe.song.ham.ni.da//geu/si.ga.nen/ye.ya.gi/bo*l.sso*/da/

chat.sseum.ni.da

對不起，那個時間已經客滿了。

너 벌써 취했어?

no*/bo*l.sso*/chwi.he*.sso*

你已經醉了啊？

술	酒	끊다	中斷、切斷	죄송하다	對不起	시간	時間
예약	預約	다	都、全部	차다	滿	너	你	취하다	酒醉

이미 i.mi 已經

例句

이건 이미 할인된 가격입니다.

i.go*n/i.mi/ha.rin.dwen/ga.gyo*.gim.ni.da

這已經是打折後的價錢了。

이미 주문했습니다.

i.mi/ju.mun.he*t.sseum.ni.da

我已經點餐了。

이건	為이것은的縮寫	할인되다	打折、折扣	가격	價格

주문하다 訂購、點餐

아까 a.ga 剛才

例句

아까는 실례가 많았습니다. 죄송합니다.
a.ga.neun/sil.lye.ga/ma.nat.sseum.ni.da//jwe.song.ham.ni.da
剛才失禮了，對不起。

아까 온 학생이 민정 씨의 딸이에요?
a.ga/on/hak.sse*ng.i/min.jo*ng/ssi.ui/da.ri.e.yo
剛才來的學生是敏靜的女兒嗎？

실례 失禮　　**많다** 多　　**오다** 來　　**학생** 學生　　**딸** 女兒

아직 a.jik 仍然

例句

아침을 아직 먹지 않았어요.
a.chi.meul/a.jik/mo*k.jji/a.na.sso*.yo
我還沒吃早餐。

오늘 표는 아직 있습니까?
o.neul/pyo.neun/a.jik/it.sseum.ni.ga
今天的票還有嗎？

나는 아직 결정하지 않았어요.
na.neun/a.jik/gyo*l.jo*ng.ha.ji/a.na.sso*.yo
我還沒有決定。

아침 早上、早餐　　**먹다** 吃　　**오늘** 今天　　**표** 票　　**있다** 有

결정하다 決定

전에　jo*.ne　之前

例句

2시 전에 공항까지 가실 수 있습니까?
du.si/jo*.ne/gong.hang.ga.ji/ga.sil/su/it.sseum.ni.ga
兩點以前可以到機場嗎？

식사 전에 포도주 한 잔 주시겠어요?
sik.ssa/jo*.ne/po.do.ju/han/jan/ju.si.ge.sso*.yo
用餐前，可以先給我一杯葡萄酒嗎？

떠나기 전에 나 먼저 화장실에 가고 싶어요.
do*.na.gi/jo*.ne/na/mo*n.jo*/hwa.jang.si.re/ga.go/si.po*.yo
離開之前我想去趟廁所。

두 시 兩點　　**공항** 機場　　**식사** 用餐　　**포도주** 葡萄酒

주다 給予　　**떠나다** 離開　　**먼저** 先　　**화장실** 化妝室

이따가　i.da.ga　一會兒、等一下

例句

이따가 회의가 있지요?

i.da.ga/hwe.ui.ga/it.jji.yo

等一下要開會吧？

저는 이따가 수학 시험이 있어요.

jo*.neun/i.da.ga/su.hak/si.ho*.mi/i.sso*.yo

我待會有數學的考試。

이따가 친구 만나러 나갈 거야.

i.da.ga/chin.gu/man.na.ro*/na.gal/go*.ya

我等一下要出去找朋友。

회의 會議　　**수학** 數學　　**시험** 考試　　**친구** 朋友　　**만나다** 見面
나가다 出去

갑자기　gap.jja.gi　突然

例句

갑자기 비가 내리기 시작했어요.

gap.jja.gi/bi.ga/ne*.ri.gi/si.ja.ke*.sso*.yo

突然開始下雨了。

갑자기 생선회를 먹고 싶어요.

gap.jja.gi/se*ng.so*n.hwe.reul/mo*k.go/si.po*.yo

我突然想吃生魚片。

비 雨　　**내리다** 落下、下降　　**시작하다** 開始　　**생선회** 生魚片

금세 geum.se 立刻、馬上

例句

인터넷이 발달해서 소문이 금세 퍼지기 시작했다.

in.to*.ne.si/bal.dal.he*.sso*/so.mu.ni/geum.se/po*.ji.gi/si.ja.ke*t.da

因為網路發達，傳聞馬上開始傳開來了。

삼일동안 계속 쇼핑했기 때문에 돈은 금세 떨어졌어요.

sa.mil.dong.an/gye.sok/syo.ping.he*t.gi/de*.mu.ne/do.neun/geum.se/
do*.ro*.jo*.sso*.yo

三天一直在購物，所以錢馬上就花光了。

인터넷 網路　**발달하다** 發達　**소문** 傳聞　**퍼지다** 傳開、普及
삼일 三天　**계속** 繼續　**쇼핑하다** 購物　**돈** 錢　**떨어지다** 掉落

순식간 sun.sik.gan 瞬間

例句

불은 순식간에 30층 건물 전체로 번졌습니다.

bu.reun/sun.sik.ga.ne/sam.sip.cheung/go*n.mul/jo*n.che.ro/bo*n.
jo*t.sseum.ni.da

火勢瞬間延燒到30樓高的建築各處。

너무 피곤해서 순식간에 잠이 들었다.

no*.mu/pi.gon.he*.so*/sun.sik.ga.ne/ja.mi/deu.ro*t.da

因為太累了，瞬間就睡著了。

불 火　**층** 樓　**건물** 建築物　**전체** 全體、整個　**번지다** 蔓延

피곤하다 疲累、疲憊　**잠** 睡覺

마침　ma.chim　正好

例句

아! 마침 잘 오셨습니다!
a//ma.chim/jal/o.syo*t.sseum.ni.da
啊！您來得正好！

마침 쇼핑몰 안에 현금인출기가 있어서 편리하게 돈을 찾을 수 있었다.
ma.chim/syo.ping.mol/a.ne/hyo*n.geu.min.chul.gi.ga/i.sso*.so*/pyo*l.
li.ha.ge/do.neul/cha.jeul/ssu/i.sso*t.da
剛好購物中心內有ATM，可以隨時領錢。

잘 好好地　**오다** 來　**쇼핑몰** 購物中心　**안** 內、裡面
현금인출기 提款機　**편리하다** 便利　**찾다** 找尋

당장　dang.jang　當場、馬上

例句

지금 당장 오셔서 검사해 주시겠습니까?
ji.geum/dang.jang/o.syo*.so*/go*m.sa.he*/ju.si.get.sseum.ni.ga
可以現在立即過來檢查嗎？

당장 이 집에서 나가!
dang.jang/i/ji.be.so*/na.ga
你馬上給我離開這家！

지금 現在　검사하다 檢查　집 家　나가다 出去

즉시　jeuk.ssi　即時、馬上

例句

즉시 답장을 해 주시기를 기다리겠습니다.

jeuk.ssi/dap.jjang.eul/he*/ju.si.gi.reul/gi.da.ri.get.sseum.ni.da

等待您的及時回覆。

제품이 입고되는 즉시 보내 드리겠습니다.

je.pu.mi/ip.go.dwe.neun/jeuk.ssi/bo.ne*/deu.ri.get.sseum.ni.da

產品入庫後，會馬上會您寄出。

답장 回覆、回信　기다리다 等待　제품 產品　입고되다 入庫
보내다 寄送

여태까지　yo*.te*.ga.ji　目前為止

例句

여태까지 뭐 하셨습니까? 노셨습니까?

yo*.te*.ga.ji/mwo/ha.syo*t.sseum.ni.ga//no.syo*t.sseum.ni.ga

您到目前為止做了什麼？玩樂嗎？

이것은 제가 여태까지 노력해 온 결과입니다.

i.go*.seun/je.ga/yo*.te*.ga.ji/no.ryo*.ke*/on/gyo*l.gwa.im.ni.da

這是我到目前為止努力過來的結果。

놀다 玩　이것 這個　노력하다 努力　오다 來　결과 結果

이제 와서　i.je/wa.so*　如今才

例句

이제 와서 후회해도 소용없습니다.

i.je/wa.so*/hu.hwe.he*.do/so.yong.o*p.sseum.ni.da

如今才來後悔，已經沒用了。

이제 와서 계약을 취소하시면 곤란하죠.

i.je/wa.so*/gye.ya.geul/chwi.so.ha.si.myo*n/gol.lan.ha.jyo

現在才要解約的話，我會很困擾。

| 후회하다 後悔 | 소용없다 沒有用 | 계약 契約、合同 |

| 취소하다 取消 | 곤란하다 困難 |

나중에　na.jung.e　以後

例句

나 가봐야 해. 나중에 또 얘기하자.

na/ga.bwa.ya/he*//na.jung.e/do/ye*.gi.ha.ja

我得走了，以後再聊吧。

나중에 다시 만납시다.

na.jung.e/da.si/man.nap.ssi.da

我們以後再見吧！

| 나 我 | 또 又 | 얘기하다 説話 | 다시 再次 | 만나다 見面 |

앞으로　a.peu.ro　往後將來

例句

앞으로 시간 있으면 자주 놀러 오세요.
a.peu.ro/si.gan/i.sseu.myo*n/ja.ju/nol.lo*/o.se.yo
以後有時間，請常來玩。

앞으로는 늦지 마세요.
a.peu.ro.neun/neut.jji/ma.se.yo
以後不要再遲到了。

앞으로 많이 도와 주십시오.
a.peu.ro/ma.ni/do.wa/ju.sip.ssi.o
往後請多幫助。

시간 時間　자주 經常　늦다 晚、遲　많이 多多地　돕다 幫忙

다음　da.eum　下次

例句

다음에 또 만나요.
da.eu.me/do/man.na.yo
下次再見。

다음 페이지를 펴세요.
da.eum/pe.i.ji.reul/pyo*.se.yo
請翻到下一頁。

다음에 크게 한턱 내세요.

da.eu.me/keu.ge/han.to*k/ne*.se.yo

下次請我吃大餐吧。

또 又　페이지 頁、面　펴다 翻開

이번　i.bo*n　這次

例句

이번 주말에 이사 갈 거예요?

i.bo*n/ju.ma.re/i.sa/gal/go*.ye.yo

你這個週末要搬走了嗎？

이번 휴가 때 무슨 계획이 있으세요?

i.bo*n/hyu.ga/de*/mu.seun/gye.hwe.gi/i.sseu.se.yo

這次的休假你有什麼計畫？

이번 여름에는 꼭 여행을 가고 싶어요.

i.bo*n/yo*.reu.me.neun/gok/yo*.he*ng.eul/ga.go/si.po*.yo

這個夏天我一定要去旅行。

주말 週末　이사 搬家　휴가 休假　무슨 什麼　계획 計畫
여름 夏天　꼭 一定　여행 旅行

일찍　il.jjik　早些

例句

내일 일찍 일어나야 돼서 먼저 잘게요.
ne*.il/il.jjik/i.ro*.na.ya/dwe*.so*/mo*n.jo*/jal.ge.yo
我明天要早起，我先睡了。

오늘 왜 이렇게 일찍 일어났어요?
o.neul/we*/i.ro*.ke/il.jjik/i.ro*.na.sso*.yo
你今天怎麼這麼早起床？

오늘 일찍 돌아와야 돼요.
o.neul/il.jjik/do.ra.wa.ya/dwe*.yo
你今天必須早點回家！

내일 明天　**일어나다** 起床　**먼저** 先　**자다** 睡覺　**왜** 為什麼
오늘 今天　**돌아오다** 回來

미리　mi.ri　事先

例句

미리 신청할 필요 없습니다.
mi.ri/sin.cho*ng.hal/pi.ryo/o*p.sseum.ni.da
您不需要事先申請。

방문 시간을 미리 알려 주시면 기다리고 있겠습니다.
bang.mun/si.ga.neul/mi.ri/al.lyo*/ju.si.myo*n/gi.da.ri.go/
it.get.sseum.ni.da
若您能事先告知您的拜訪時間，我們將等候您的光臨。

신청하다 申請　**필요** 需要　**없다** 沒有　**방문** 造訪、訪問

시간 時間　알려주다 告知　기다리다 等待

먼저　mo*n.jo*　先

例句

먼저 음료수를 주문하고 싶습니다.
mo*n.jo*/eum.nyo.su.reul/jju.mun.ha.go/sip.sseum.ni.da
我想先點飲料。

내가 먼저 노래를 불러요.
ne*.ga/mo*n.jo*/no.re*.reul/bul.lo*.yo
我先唱歌。

먼저 실례하겠습니다.
mo*n.jo*/sil.lye.ha.get.sseum.ni.da
我先離開了。

음료수 飲料　주문하다 點餐　노래 歌曲　부르다 唱、叫
실례하다 失禮、冒犯

우선　u.so*n　首先

例句

우선 소주 두 병 주세요.
u.so*n/so.ju/du/byo*ng/ju.se.yo
先給我兩瓶燒酒。

외국어를 배우려면 우선 문법부터 시작해라.

we.gu.go*.reul/be*.u.ryo*.myo*n/u.so*n/mun.bo*p.bu.to*/si.ja.ke*.ra

想學外國語，就先從文法開始！

소주 燒酒　**병** （一）瓶　**주다** 給　**외국어** 外國語　**배우다** 學習
문법 語法　**시작하다** 開始

늘　neul　總是

例句

늘 건강하세요.

neul/go*n.gang.ha.se.yo

祝你永遠健康！

김 선생님은 늘 미소를 지으면서 얘기하세요.

gim/so*n.se*ng.ni.meun/neul/mi.so.reul/jji.eu.myo*n.so*/ye*.gi.ha.se.yo

金老師總是一邊微笑一邊說話。

건강하다 健康　**김** 金（姓氏）　**선생님** 老師　**미소** 微笑
짓다 作出、蓋出　**얘기하다** 說話

언제든지　o*n.je.deun.ji　不管什麼時候

例句

편의점에서는 24시간 언제든지 돈을 찾을 수 있습니다.

pyo*.nui.jo*.me.so*.neun/i.sip.ssa.si.gan/o*n.je.deun.ji/do.neul/cha.
jeul/su/it.sseum.ni.da

便利商店24小時不管什麼時候都可以領錢。

같이 근무할 성실한 분은 언제든지 환영합니다.

ga.chi/geun.mu.hal/sso*ng.sil.han/bu.neun/o*n.je.deun.ji/hwa.
nyo*ng.ham.ni.da

我們隨時歡迎願意一起工作的踏實夥伴。

| 편의점 | 便利商店 | 이십사시간 | 二十四小時 | 돈 | 錢 | 같이 | 一起 |
| 근무하다 | 勤務、上班 | 성실하다 | 老實、敦厚 | 환영하다 | 歡迎 |

언제나　o*n.je.na　無論什麼時候、總是

例句

난 언제나 꿈을 꿉니다.

nan/o*n.je.na/gu.meul/gum.ni.da

我總是在作夢。

저는 언제나 준비가 되어 있습니다.

jo*.neun/o*n.je.na/jun.bi.ga/dwe.o*/it.sseum.ni.da

我隨時都準備好了。

언제나 고향을 잊지 마세요!

o*n.je.na/go.hyang.eul/it.jji/ma.se.yo

無論何時都不要忘記故鄉。

| 꿈 | 夢 | 꾸다 | 作（夢） | 준비 | 準備 | 고향 | 故鄉 | 잊다 | 忘記 |

자주　ja.ju　常常

例句

올해는 비가 자주 오네요.
ol.he*.neun/bi.ga/ja.ju/o.ne.yo
今年常常下雨呢！

잔업은 자주 합니까?
ja.no*.beun/ja.ju/ham.ni.ga
你經常加班嗎？

올해 今年　**비** 雨　**잔업** 加班

자꾸　ja.gu　老是

例句

요즘 자꾸 눈물이 나요.
yo.jeum/ja.gu/nun.mu.ri/na.yo
最近經常掉眼淚。

왜 자꾸 저를 괴롭히세요?
we*/ja.gu/jo*.reul/gwe.ro.pi.se.yo
你為什麼老欺負我？

요즘 最近　**눈물** 眼淚　**나다** 出來、產生　**왜** 為什麼
괴롭히다 折磨、為難

항상　hang.sang　經常

例句

가을에는 항상 바람이 불어요. 아주 시원해요.

ga.eu.re.neun/hang.sang/ba.ra.mi/bu.ro*.yo//a.ju/si.won.he*.yo

秋天經常颳風，很涼爽。

여기의 요리는 맛있기 때문에 항상 붐벼요.

yo*.gi.ui/yo.ri.neun/ma.sit.gi/de*.mu.ne/hang.sang/bum.byo*.yo

這裡的料理很好吃，所以人總是很多。

항상 행복하길 바랄게요.

hang.sang/he*ng.bo.ka.gil/ba.ral.ge.yo

祝你幸福快樂。

가을 秋天　**바람** 風　**불다** 刮（風）　**아주** 很、非常
시원하다 涼快、涼爽　**여기** 這裡　**요리** 料理　**맛있다** 好吃
붐비다 擁擠　**행복하다** 幸福　**바라다** 希望、盼望

오래　o.re*　好久

例句

오래간만입니다. 잘 지내셨어요?

o.re*.gan.ma.nim.ni.da//jal/jji.ne*.syo*.sso*.yo

好久不見，您過得好嗎？

이곳은 아파트 단지로 변한 지 오래입니다.

i.go.seun/a.pa.teu/dan.ji.ro/byo*n.han/ji/o.re*.im.ni.da

這個地方變成公寓住宅區已經很久了。

잘 好好地　　지내다 度過、過日子　　이곳 這地方　　아파트 大樓公寓

단지 園區　　변하다 改變、變化

오랫동안　o.re*t.dong.an　**好長時間**

例句

약속 장소에서 그녀를 오랫동안 기다렸다.

yak.ssok/jang.so.e.so*/geu.nyo*.reul/o.re*t.dong.an/gi.da.ryo*t.da

我在約定好的場所，等了她很長時間。

너무 오랫동안 찾아뵙지 못해서 죄송합니다.

no*.mu/o.re*t.dong.an/cha.ja.bwep.jji/mo.te*.so*/jwe.song.ham.ni.da

很長時間無法去拜訪您，實在很抱歉。

약속 約定、約束　　장소 場所　　그녀 她　　너무 太、很

찾아뵙다 拜訪、拜見　　죄송하다 對不起

잠시　jam.si　**暫時**

例句

지금 통화 중이시니 잠시만 기다리세요.

ji.geum/tong.hwa/jung.i.si.ni/jam.si.man/gi.da.ri.se.yo

他正在講電話，請您稍等一下。

잠시 시간을 내주시겠습니까?

jam.si/si.ga.neul/ne*.ju.si.get.sseum.ni.ga

可以借我一點時間嗎？

| 지금 現在 | 통화 중 通話中、占線中 | 시간 時間 | 내다 拿出、抽出 |

당분간　dang.bun.gan　暫時

例句

요즘 야근해야 돼서 당분간 학원에 못 갈 것 같아요.

yo.jeum/ya.geun.he*.ya/dwe*.so*/dang.bun.gan/ha.gwo.ne/mot/gal/
go*t/ga.ta.yo

因為最近要上夜班，可能暫時無法去上補習班的課了。

당분간 일하지 않고 집에서 쉬려고 합니다.

dang.bun.gan/il.ha.ji/an.ko/ji.be.so*/swi.ryo*.go/ham.ni.da

我暫時不想工作，打算在家裡休息。

| 요즘 最近 | 야근하다 上夜班 | 학원 補習班 | 일하다 工作、上班 |
| 집 家 | 쉬다 休息 |

어느새　o*.neu.se*　不知不覺之間

例句

봄 기운이 어느새 우리 곁으로 다가왔나봐요.

bom/gi.u.ni/o*.neu.se*/u.ri/gyo*.teu.ro/da.ga.wan.na.bwa.yo

春天的氣息似乎在不知不覺之間來到了我們身旁。

어느새 8월이 시작됐습니다.

o*.neu.se*/pa.rwo.ri/si.jak.dwe*t.sseum.ni.da

在不知不覺間8月已經開始了。

봄 春天　기운 徵兆、氣息　우리 我們　곁 身旁

다가오다 走近、來臨　팔월 八月　시작되다 開始

처음 cho*.eum 第一次、初次

例句

처음 뵙겠습니다. 반갑습니다.

cho*.eum/bwep.get.sseum.ni.da//ban.gap.sseum.ni.da

初次見面，您好。

이건 처음 먹어보는 음식이에요.

i.go*n/cho*.eum/mo*.go*.bo.neun/eum.si.gi.e.yo

這個我第一次吃。

뵙다 看見、拜見　반갑다 高興　먹어보다 吃看看　음식 飲食

마지막 ma.ji.mak 最後

例句

마지막 버스는 몇 시에 있습니까?

ma.ji.mak/bo*.seu.neun/myo*t/si.e/it.sseum.ni.ga

最後一台公車是幾點？

기말고사, 오늘이 마지막입니다.

gi.mal.go.sa//o.neu.ri/ma.ji.ma.gim.ni.da

期末考，今天是最後一天了。

버스 公車　몇 시 幾點　기말고사 期末考　오늘 今天

마침내　ma.chim.ne*　終於

例句

마침내 좋은 기회가 왔어요.
ma.chim.ne*/jo.eun/gi.hwe.ga/wa.sso*.yo
終於好機會來了。

마침내 남편이 집에 돌아왔습니다.
ma.chim.ne*/nam.pyo*.ni/ji.be/do.ra.wat.sseum.ni.da
終於老公回到家了。

좋다 好　**기회** 機會　**남편** 老公、丈夫　**집** 家　**돌아오다** 回來

머지않아　mo*.ji.a.na　不久

例句

당신의 명함과 자리는 머지 않아 바뀝니다.
dang.si.nui/myo*ng.ham.gwa/ja.ri.neun/mo*.ji.a.na/ba.gwim.ni.da
你的名片和坐位不久將會變。

나의 목적은 머지않아 이루어질 것이다.
na.ui/mok.jjo*.geun/mo*.ji.a.na/i.ru.o*.jil/go*.si.da
我的目的不久就會達成。

당신 您　**명함** 名片　**자리** 坐位、位子　**바뀌다** 被改變、被換
목적 目的　**이루어지다** 實現、完成

常用頻率副詞

다시 da.si 再次

例句

다시 만나서 정말 반가워요.
da.si/man.na.so*/jo*ng.mal/ban.ga.wo.yo
真的很高興再見到你。

이 수프를 다시 한 번 데워 주세요.
i/su.peu.reul/da.si/han/bo*n/de.wo/ju.se.yo
這碗湯再幫我熱一次。

다시 한 번 시도해 보세요.
da.si/han/bo*n/si.do.he*/bo.se.yo
請你再試看看。

만나다 見面　정말 真的　반갑다 高興　수프 湯　데우다 加熱
시도하다 嘗試

또 do 又、再

例句

일기예보가 또 틀렸네요.
il.gi.ye.bo.ga/do/teul.lyo*n.ne.yo
天氣預報又報錯了。

오늘 아침에 버스가 또 지연됐어요.
o.neul/a.chi.me/bo*.seu.ga/do/ji.yo*n.dwe*.sso*.yo
今天早上的公車又誤點了。

일기예보 天氣預報　**틀리다** 錯誤　**아침** 早上、早餐　**버스** 公車
지연되다 延遲

날마다　nal.ma.da　每天

例句

날마다 몇 시에 일어나요?
nal.ma.da/myo*t/si.e/i.ro*.na.yo
你每天幾點起床？

날마다 공원에 가서 운동해요.
nal.ma.da/gong.wo.ne/ga.so*/un.dong.he*.yo
我每天去公園運動。

몇 시 幾點　**일어나다** 起床　**공원** 公園　**가다** 去　**운동하다** 運動

매일　me*.il　每天

例句

나는 매일 걸어서 집에 돌아가요.
na.neun/me*.il/go*.ro*.so*/ji.be/do.ra.ga.yo
我每天走路回家。

매일 운동하는 게 몸에 좋습니다.

me*.il/un.dong.ha.neun/ge/mo.me/jo.sseum.ni.da

每天運動對身體很好。

걷다 走路　**집** 家　**돌아가다** 回去　**운동하다** 運動　**몸** 身體
좋다 好

때때로　de*.de*.ro　有時、時時

例句

할머니의 몸 상태가 때때로 불안정해질 수도 있다고 들었다.

hal.mo*.ni.ui/mom/sang.te*.ga/de*.de*.ro/bu.ran.jo*ng.he*.jil/su.do/
it.da.go/deu.ro*t.da

我聽說奶奶的身體狀況可能有時會不穩定。

저는 때때로 부모님을 생각합니다.

jo*.neun/de*.de*.ro/bu.mo.ni.meul/sse*ng.ga.kam.ni.da

我有時會想念父母。

이 백과사전은 때때로 쓸모가 있습니다.

i/be*k.gwa.sa.jo*.neun/de*.de*.ro/sseul.mo.ga/it.sseum.ni.da

這本百科全書有時候很有用。

할머니 奶奶　**몸** 身體　**상태** 狀態、狀況
불안정하다 不安定、不穩定　**듣다** 聽　**부모님** 父母
생각하다 想、想念　**백과사전** 百科全書　**쓸모** 用處、用場

가끔 ga.geum 偶爾

例句

가끔 연락하면서 지냅시다!

ga.geum/yo*l.la.ka.myo*n.so*/ji.ne*p.ssi.da

我們保持聯絡。

그냥 심심할 때만 가끔 만화책을 봐요.

geu.nyang/sim.sim.hal/de*.man/ga.geum/man.hwa.che*.geul/bwa.yo

我只有無聊的時候偶爾會看漫畫。

연락하다 聯絡　　**지내다** 過日子、過活　　**그냥** 就那樣　　**심심하다** 無聊
만화책 漫畫書　　**보다** 看

常用副詞

이렇게　i.ro*.ke　這樣、這麼

例句

이렇게 되면 일이 더 간단해지겠다.
i.ro*.ke/dwe.myo*n/i.ri/do*/gan.dan.he*.ji.get.da
這樣的話，事情會變得更簡單。

저는 왜 이렇게 불쌍하지요?
jo*.neun/we*/i.ro*.ke/bul.ssang.ha.ji.yo
我怎麼這麼可憐啊！

이렇게 비싼 가방을 선물해 줘서 너무 고마워요.
i.ro*.ke/pi.ssan/ ka.bang.eul/ sso*n.mul.he*/ jwo.so*/no*.mu/
go.ma.wo.yo
送我這麼貴的包包，真是太感謝了。

일 事情　　간단해지다 變簡單　　왜 為什麼　　불쌍하다 可憐
비싸다 貴　　선물하다 送禮　　고맙다 謝謝

그렇게　geu.ro*.ke　那樣、那麼

例句

그래요? 난 그렇게 생각하지 않아요.
geu.re*.yo//nan/geu.ro*.ke/se*ng.ga.ka.ji/a.na.yo
是嗎？我不那麼認為。

그렇게 무서운 얼굴로 나를 보지 마.

geu.ro*.ke/mu.so*.un/o*l.gul.lo/na.reul bo.ji/ma

不要用那麼可怕的臉看著我。

저도 그렇게 생각해요.

jo*.do/geu.ro*.ke/se*ng.ga.ke*.yo

我也那麼認為。

그렇다 那樣　**생각하다** 認為、思考　**무섭다** 可怕　**얼굴** 臉

나 我　**보다** 看

저렇게　jo*.ro*.ke　那樣、那麼

例句

그 사람은 왜 저렇게 운전을 하는 걸까요?

geu/sa.ra.meun/we*/jo*.ro*.ke/un.jo*.neul/ha.neun/go*l.ga.yo

那個人為什麼那樣開車？

저렇게 공부해야 좋은 점수를 받을 수 있어요.

jo*.ro*.ke/gong.bu.he*.ya/jo.eun/jo*m.su.reul/ba.deul/ssu/i.sso*.yo

必須那樣讀書才可以得到好分數。

공부하다 讀書　**점수** 分數　**받다** 拿到、取得　**사람** 人

운전하다 開車

얼른　o*l.leun　趕快

例句

얼른요!

o*l.leu.nyo

快一點！

얼른 차에 타세요.

o*l.leun/cha.e/ta.se.yo

請快點上車吧！

하나 골라봐요. 얼른!

ha.na/gol.la.bwa.yo//o*l.leun

挑一個吧！趕快！

차 車　**타다** 搭乘　**하나** 一　**고르다** 挑選

빨리　bal.li　趕快

例句

오빠, 좀 도와 줘요. 급해요, 빨리!

o.ba//jom/do.wa/jwo.yo//geu.pe*.yo//bal.li

哥，幫幫我。很急，快點！

내 말 안 들려? 빨리 나가!

ne*/mal/an/deul.lyo*//bal.li/na.ga

沒聽見我講得話嗎？快出去！

식기 전에 빨리 드세요.

sik.gi/jo*.ne/bal.li/deu.se.yo

趁熱快吃吧！

오빠 哥哥　**급하다** 急忙、緊急　**말** 話　**들리다** 聽見

나가다 出去　**식다** 冷卻、變涼　**드시다** 吃（먹다的敬語）

어서　o*.so*　趕快

例句

어서 오세요.

o*.so*/o.se.yo

歡迎光臨。

어서 들어오세요.

o*.so*/deu.ro*.o.se.yo

快請進。

힘드시죠? 어서 앉으세요.

him.deu.si.jyo//o*.so*/an.jeu.se.yo

您累了吧？快請坐！

오다 來　**들어오다** 進來　**힘들다** 辛苦、吃力　**앉다** 坐

급히　geu.pi　急忙

例句

급히 일을 처리해야 하는데 도와 주세요.

geu.pi/i.reul/cho*.ri.he*.ya/ha.neun.de/do.wa/ju.se.yo

我必須趕快處理事情，請幫幫我。

급히 노트북을 사야 되는 상황입니다. 추천 좀 해 주세요.

geu.pi/no.teu.bu.geul/ssa.ya/dwe.neun/sang.hwang.im.ni.da//chu.

cho*n/jom/he*/ju.se.yo

我必須趕快買台筆記型電腦，請為我做推薦。

처리하다 處理　　**도와주다** 幫忙　　**노트북** 筆記型電腦　　**사다** 買
상황 狀況　　**추천하다** 推薦

잘못　jal.mot　錯誤地

例句

길을 잘못 드셨어요.

gi.reul/jjal.mot/deu.syo*.sso*.yo

你走錯路了。

전화를 잘못 거셨습니다.

jo*n.hwa.reul/jjal.mot/go*.syo*t.sseum.ni.da

你打錯電話了。

버스를 잘못 탄 거 같아요.

bo*.seu.reul/jjal.mot/tan/go*/ga.ta.yo

我好像搭錯公車了。

길 路　**들다** 進入　**전화** 電話　**걸다** 打（電話）　**버스** 公車
타다 搭乘

常用接續詞

그리고　geu.ri.go　而且、還有

例句

식빵 그리고 우유 주세요.
sik.bang/geu.ri.go/u.yu/ju.se.yo
請給我吐司和牛奶。

숙제 다 했어요. 그리고 방 청소도 끝냈어요.
suk.jje/da/he*.sso*.yo//geu.ri.go/bang/cho*ng.so.do/geun.ne*.sso*.yo
作業都寫完了，而且房間也打掃完了。

머리 좀 짧게 잘라 주세요. 그리고 염색도 하고 싶어요.
mo*.ri/jom/jjap.ge/jal.la/ju.se.yo//geu.ri.go/yo*m.se*k.do/ha.go/
si.po*.yo
請幫我把頭髮剪短一點，還有我想染髮。

열이 있어요. 그리고 목구멍이 아파요.
yo*.ri/i.sso*.yo//geu.ri.go/mok.gu.mo*ng.i/a.pa.yo
我有發燒，還有喉嚨痛。

식빵 吐司	**우유** 牛奶	**숙제** 作業	**다** 都、全部	**방** 房間	
청소 打掃	**끝내다** 結束	**머리** 頭、頭髮	**자르다** 剪	**염색** 染色	
열 熱、燒	**목구멍** 喉嚨	**아프다** 痛、不適			

그래서   geu.re*.so*   所以

例句

명품 가방이 너무 비싸요. 그래서 안 샀어요.

myo*ng.pum/ga.bang.i/no*.mu/bi.ssa.yo//geu.re*.so*/an/sa.sso*.yo

名牌包太貴了，所以我沒買。

저는 한국 사람이 아니에요. 그래서 한국말을 못해요.

jo*.neun/han.guk/sa.ra.mi/a.ni.e.yo//geu.re*.so*/han.gung.ma.reul/
mo.te*.yo

我不是韓國人，所以我不會說韓國話。

음식이 너무 맛있어요. 그래서 많이 먹었어요.

eum.si.gi/no*.mu/ma.si.sso*.yo//geu.re*.so*/ma.ni/mo*.go*.sso*.yo

食物太好吃了，所以吃很多。

명품 名品、名牌   **너무** 太、很   **비싸다** 貴   **사다** 買   **한국** 韓國
한국말 韓國話   **못하다** 不會、無法   **음식** 食物   **맛있다** 好吃
많이 多地   **먹다** 吃

그러나   geu.ro*.na   但是、可是

例句

요리는 맛있다! 그러나 서비스 수준은 매우 나쁘다.

yo.ri.neun/ma.sit.da//geu.ro*.na/so*.bi.seu/su.ju.neun/me*.u/
na.beu.da

菜很好吃，可是服務品質很差。

이 영화의 주인공은 유명하다. 그러나 내용은 없다.

i/yo*ng.hwa.ui/ju.in.gong.eun/yu.myo*ng.ha.da//geu.ro*.na/
ne*.yong.eun/o*p.da

這部電影的主角很有名，可是沒有內容。

당신한테 하고 싶은 말이 있다. 그러나 어떻게 말해야 할지 모르겠다.

dang.sin.han.te/ha.go/si.peun/ma.ri/it.da//geu.ro*.na/o*.do*.ke/
mal.he*.ya/hal.jji/mo.reu.get.da

我有話要跟你說，可是不知道該如何開口。

요리 料理	서비스 服務	수준 水準	매우 很、非常	나쁘다 差
영화 電影	주인공 主角	유명하다 有名	내용 內容	말 話
말하다 說話	모르다 不知道

그러면 geu.ro*.myo*n   那麼、那樣的話

會話一

A : 나가서 밥 먹을 시간이 없어요.

　　na.ga.so*/bap/mo*.geul/ssi.ga.ni/o*p.sso*.yo
　　我沒有時間出去吃飯。

B : 그러면 우리 집에서 라면을 먹자.

　　geu.ro*.myo*n/u.ri/ji.be.so*/ra.myo*.neul/mo*k.jja
　　那麼，我們在家裡吃泡麵吧！

會話二

A : 퇴근 후 나랑 같이 영화 보러 갈래요?

　　twe.geun/hu/na.rang/ga.chi/yo*ng.hwa/bo.ro*/gal.le*.yo
　　下班後要不要和我一起去看電影？

B : 미안해요. 오늘은 잔업해야 해요.

mi.an.he*.yo//o.neu.reun/ja.no*.pe*.ya/he*.yo

抱歉，我今天必須加班。

A : 그러면 내일 저녁은요?

geu.ro*.myo*n/ne*.il/jo*.nyo*.geu.nyo

那麼，明天晚上呢？

나가다 出去　**밥** 飯　**먹다** 吃　**시간** 時間　**집** 家　**라면** 泡麵
퇴근 下班　**미안하다** 對不起　**잔업하다** 加班　**저녁** 晚上

그렇지만　geu.ro*.chi.man　但是、可是

例句

회사 일은 매우 바쁘다. 그렇지만 한 번도 잔업을 한 적이 없다.

hwe.sa/i.reun/me*.u/ba.beu.da//geu.ro*.chi.man/han/bo*n.do/
ja.no*.beul/han/jo*.gi/o*p.da

公司的工作很忙，可是我一次也沒有加過班。

제 월급은 많지 않아요. 그렇지만 결혼 반지를 살 돈은 있어요.

je/wol.geu.beun/man.chi/a.na.yo//geu.ro*.chi.man/gyo*l.hon/ban.
ji.reul/ssal/do.neun/i.sso*.yo

我的薪水不多，可是買結婚戒指的錢我有。

회사 公司　**매우** 很、非常　**바쁘다** 忙碌　**월급** 月薪　**결혼** 結婚
반지 戒指　**사다** 買　**돈** 錢

그러니까　geu.ro*.ni.ga　因此

會話

A : 한국어 문법이 너무 어려워요.

han.gu.go*/mun.bo*.bi/no*.mu/o*.ryo*.wo.yo

韓文語法好難喔！

B : 그러니까 많이 공부해야 돼요.

geu.ro*.ni.ga/ma.ni/gong.bu.he*.ya/dwe*.yo

因此，你必須多讀書。

例句

이것은 제 일입니다. 그러니까 간섭하지 마세요.

i.go*.seun/je/i.rim.ni.da//geu.ro*.ni.ga/gan.so*.pa.ji/ma.se.yo

這是我的事情，所以請你別干涉。

내일 부산으로 출장 가야 해요. 그러니까 오늘은 일찍 잘게요.

ne*.il/bu.sa.neu.ro/chul.jang/ga.ya/he*.yo//geu.ro*.ni.ga/o.neu.reun/
il.jjik/jal.ge.yo

明天我要去釜山出差，所以我今天要早點睡。

한국어 韓國語	문법 文法	어렵다 難	많이 多地
공부하다 念書學習	일 事情、工作	건섭하다 干涉	내일 明天
부산 釜山	출장 出差	일찍 早點	자다 睡覺

게다가 ge.da.ga 加上、而且、並且

例句

여기 음식이 쌀 뿐만 아니라, 게다가 맛도 좋다.

yo*.gi/eum.si.gi/ssal/bun.man/a.ni.ra//ge.da.ga/mat.do/jo.ta

這裡的食物不但便宜，而且又好吃。

이 카메라는 성능이 좋고 게다가 사용법도 간단해요.

i/ka.me.ra.neun/so*ng.neung.i/jo.ko/ge.da.ga/sa.yong.bo*p.do/
gan.dan.he*.yo

這台相機性能很好，而且使用方法也很簡單。

그녀는 얼굴이 곱고 게다가 날씬하다.

geu.nyo*.neun/o*l.gu.ri/gop.go/ge.da.ga/nal.ssin.ha.da

她很漂亮，而且又苗條。

난 겨울이 좋아요. 스키를 탈 수 있고 게다가 눈사람도 만들 수 있어요.

nan/gyo*.u.ri/jo.a.yo//seu.ki.reul/tal/ssu/it.go/ge.da.ga/
nun.sa.ram.do/man.deul/ssu/i.sso*.yo

我喜歡冬天。可以去滑雪，而且也可以堆雪人。

싸다 便宜	카메라 相機	성능 性能	사용법 使用方法
간단하다 簡單	얼굴 臉	곱다 漂亮	날씬하다 苗條	겨울 冬天
스키 滑雪	눈사람 雪人	만들다 製作	

어쨌든 o*.jje*t.deun 無論如何、反正

會話一

A : 어쨌든 이번에 꼭 이겨야 돼요.

　　o*.jje*t.deun/i.bo*.ne/gok/i.gyo*.ya/dwe*.yo

　　無論如何，這次一定要贏。

B : 네. 반드시 금메달을 따겠습니다.

　　ne//ban.deu.si/geum.me.da.reul/da.get.sseum.ni.da

　　是的，我一定會奪金。

會話二

A : 어쨌든 그를 한 번만 더 믿어 보자.

o*.jje*t.deun/geu.reul/han/bo*n.man/do*/mi.do*/bo.ja

無論如何，我們再相信他一次吧！

B : 알았어. 이번이 정말 마지막이다.

a.ra.sso*//i.bo*.ni/jo*ng.mal/ma.ji.ma.gi.da

知道了，這次真的是最後一次了。

꼭 一定	이기다 獲勝	반드시 一定	금메달 金牌
따다 奪取、摘取	믿다 相信	이번 這次	정말 真的　마지막 最後

사실　sa.sil　其實、事實

例句

사실은 저 오늘 학교에 가지 않았어요.

sa.si.reun/jo*/o.neul/hak.gyo.e/ga.ji/a.na.sso*.yo

其實我今天沒去學校上課。

사실은 새 차를 하나 샀거든요.

sa.si.reun/se*/cha.reul/ha.na/sat.go*.deu.nyo

其實我買了一台新車。

사실은 저 오래전부터 윤아 씨를 좋아했어요. 저랑 사귑시다.

sa.si.reun/jo*/o.re*.jo*n.bu.to*/yu.na/ssi.reul/jjo.a.he*.sso*.yo//jo*.
rang/sa.gwip.ssi.da

其實我從以前就喜歡潤娥你了，和我交往吧！

사실은 나 임신했어요.

sa.si.reun/na/im.sin.he*.sso*.yo

老實説，我懷孕了。

학교 學校　**새차** 新車　**좋아하다** 喜歡　**사귀다** 交往

임신하다 懷孕

왜냐하면　we*.nya.ha.myo*n　因為

會話一

A : 왜 유학을 가지 않아요.

we*/yu.ha.geul/ga.ji/a.na.yo

你為什麼不去留學呢？

B : 왜냐하면 유학 갈 돈이 없기 때문이에요.

we*.nya.ha.myo*n/yu.hak/gal/do.ni/o*p.gi/de*.mu.ni.e.yo

因為我沒有錢去留學。

會話二

A : 왜 저녁을 안 드세요?

we*/jo*.nyo*.geul/an/deu.se.yo

你為什麼不吃晚餐呢？

B : 왜냐하면 지금 다이어트 중이에요.

we*.nya.ha.myo*n/ji.geum/da.i.o*.teu/jung.i.e.yo

因為我現在在減肥。

유학 留學　**돈** 錢　**없다** 沒有　**저녁** 晚上

드시다 吃（먹다的敬語）　**지금** 現在　**다이어트** 減肥

예를 들면　ye.reul/deul.myo*n　例如

例句

저는 단 음식을 좋아합니다. 예를 들면 케이크, 푸딩, 초콜릿, 과자 등입니다.

jo*.neun/dan/eum.si.geul/jjo.a.ham.ni.da//ye.reul/deul.myo*n/ ke.i.keu/pu.ding/cho.kol.lit/gwa.ja/deung.im.ni.da

我喜歡吃甜食，例如蛋糕、布丁、巧克力、餅乾等。

여자들이 보통 일상적인 화장품을 갖고 있습니다. 예를 들면 스킨, 크림, 로션, 립스틱, 향수 및 기타 유사 화장품 등입니다.

yo*.ja.deu.ri/bo.tong/il.sang.jo*.gin/hwa.jang.pu.meul/gat.go/ it.sseum.ni.da//ye.reul/deul.myo*n/seu.kin/keu.rim/ro.syo*n/rip.sseu. tik/hyang.su/mit/gi.ta/yu.sa/hwa.jang.pum/deung.im.ni.da

女生一般都有日常化妝品。例如，化妝水、乳霜、乳液、口紅、香水及 其他類似化妝品等。

달다 甜　　**케이크** 蛋糕　　**푸딩** 布丁　　**초콜릿** 巧克力

과자 餅乾　　**일상적** 日常性　　**갖다** 具有、具備　　**스킨** 化妝水

크림 乳霜　　**로션** 乳液　　**립스틱** 口紅　　**향수** 香水　　**및** 及

기타 其他　　**유사** 類似

그런데　geu.ro*n.de　然而、可是

會話一

A : 내 돈 다 썼어. 삼만원만 빌려 줘.

　　ne*/don/da/sso*.sso*//sam.ma.nwon/man/bil.lyo*/jwo
　　我的錢都花光了，借我三萬韓圜。

B : 그런데 난 만원 밖에 없거든.

geu.ro*n.de/nan/ma.nwon/ba.ge/o*p.go*.deun

可是我只有一萬韓圜。

會話二

A : 일 끝난 후에 같이 노래방에 갑시다.

il/geun.nan/hu.e/ga.chi/no.re*.bang.e/gap.ssi.da

事情結束後，我們去唱歌吧！

B : 그런데 난 다른 약속이 있어요. 다음에 갑시다.

geu.ro*n.de/nan/da.reun/yak.sso.gi/i.sso*.yo//da.eu.me/gap.ssi.da

可是我另外有約，下次再去吧。

쓰다 使用、花（錢）　　**빌리다** 借　　**끝나다** 結束　　**노래방** 練歌房

다른 其他　　**약속** 約定、約束　　**다음** 下一

즉　jeuk　即、也就是

例句

당신의 행복은 즉 내 행복이다.

dang.si.nui/he*ng.bo.geun/jeuk/ne*/he*ng.bo.gi.da

你的幸福也就是我的幸福。

물 한 방울을 아끼는 것은, 즉 수자원을 아끼는 것이다.

mul/han/bang.u.reul/a.gi.neun/go*.seun//jeuk/su.ja.wo.neul/a.gi.
neun/go*.si.da

愛惜一滴水，即是愛惜水資源。

행복 幸福　　**물** 水　　**방울** （一）滴　　**아끼다** 愛惜、珍惜

수자원 水資源

요컨대　yo.ko*n.de*　總而言之

例句

요컨대 이번 일은 제 실수입니다.

yo.ko*n.de*/i.bo*n/i.reun/je/sil.su.im.ni.da

總而言之，這次的事是我的疏失。

요컨대 그 문제를 해결할 수 있는 사람은 준수 오빠밖에 없어요.

yo.ko*n.de*/geu/mun.je.reul/he*.gyo*l.hal/ssu/in.neun/sa.ra.meun/

jun.su.o.ba.ba.ge/o*p.sso*.yo

總而言之，可以解決那個問題的人，只有俊秀哥了。

실수 失誤　문제 問題　해결하다 解決　사람 人

물론　mul.lon　當然、不用說

會話一

A : 소은 씨, 좀 도와 줄 수 있어요?

so.eun/ssi//jom/do.wa/jul/su/i.sso*.yo

素恩，可以幫我得忙嗎？

B : 물론입니다. 뭘 해 드릴까요?

mul.lo.nim.ni.da//mwol/he*/deu.ril.ga.yo

當然可以，要幫您什麼？

會話二

A : 제 의견을 말해도 될까요?

je/ui.gyo*.neul/mal.he*.do/dwel.ga.yo

我可以説説我的意見嗎？

B : 물론요. 말씀하세요.

mul.lo.nyo//mal.sseum.ha.se.yo

當然可以，請説。

좀 稍微、一點　　**도와주다** 幫忙　　**뭘**（무엇을的縮寫）

의견 意見　　**말하다** 説　　**말씀하다** 説話

그럼　geu.ro*m　那麼

會話

A : 구두하고 넥타이 사고 싶네.

gu.du.ha.go/nek.ta.i/sa.go/sim.ne

我想買皮鞋和領帶呢！

B : 그럼, 우리 백화점에 갈까요?

geu.ro*m//u.ri/be*.kwa.jo*.me/gal.ga.yo

那麼，我們去百貨公司好嗎？

例句

그럼, 잘 먹을게요.

geu.ro*m//jal/mo*.geul.ge.yo

那我先開動了。

그럼, 다녀오겠습니다.

geu.ro*m//da.nyo*.o.get.sseum.ni.da

那麼，我要出門了。

그럼, 저 먼저 갈게요. 다들 수고했어요.

geu.ro*m//jo*/mo*n.jo*/gal.ge.yo//da.deul/ssu.go.he*.sso*.yo

那麼，我先走了。大家辛苦了。

그럼 우리 어떻게 해야 되나요?

geu.ro*m/u.ri/o*.do*.ke/he*.ya/dwe.na.yo

那麼我們該怎麼做才好呢？

구두 皮鞋　　**넥타이** 領帶　　**백화점** 百貨公司　　**잘** 好好地

다녀오다 去一趟回來　　**먼저** 先　　**다들** 大家　　**수고하다** 辛苦

어떻게 如何

常用感嘆詞

저　jo*　那個，請問…

會話一

A : 저, 실례합니다. 여기의 직원입니까?

jo*//sil.lye.ham.ni.da//yo*.gi.ui/ji.gwo.nim.ni.ga

那個，不好意思！您是這裡的員工嗎？

B : 네, 그렇습니다.

ne//geu.ro*.sseum.ni.da

是的，沒錯。

會話二

A : 저, 잠깐 실례합니다. 말씀 좀 묻겠습니다.

jo*//jam.gan/sil.lye.ham.ni.da//mal.sseum/jom/mut.get.sseum.ni.da

那個，不好意思打擾一下！我想問個問題。

B : 네.

ne

好的。

A : 이 근처에 지하철 역이 있습니까?

i/geun.cho*.e/ji.ha.cho*l/yo*.gi/it.sseum.ni.ga

這附近有地鐵站嗎？

실례하다 失禮　여기 這裡　직원 職員　그렇다 那樣
잠깐 暫時　말씀 話語（말的敬語）　묻다 問　근처 附近
지하철 역 地鐵站

어머나! o*.mo*.na 啊呦喂、哎呀、天哪

例句

어머나, 그 말 정말이에요?

o*.mo*.na//geu/mal/jjo*ng.ma.ri.e.yo

哎呀！那句話是真的嗎？

어머나, 이게 웬일이니?

o*.mo*.na//i.ge/we.ni.ri.ni

哎呀！這是怎麼啦？

어머나, 쟤 왜 이렇게 예뻐?

o*.mo*.na//jye*/we*/i.ro*.ke/ye.bo*

天哪！他為什麼這麼漂亮？

어머나, 이게 누구야!

o*.mo*.na//i.ge/nu.gu.ya

哎呀！這是誰啊？

정말 真的　　이게（為이것이的縮寫）　　웬일 怎麼回事　　쟤 那孩子

예쁘다 漂亮　　누구 誰

글쎄요 geul.sse.yo 這個嘛！

會話

A：어머니가 시장에 가셨어?

o*.mo*.ni.ga/si.jang.e/ga.syo*.sso*

媽媽去市場了嗎？

B : 글쎄요. 나도 잘 모르겠어.

geul.sse.yo//na.do/jal/mo.reu.ge.sso*

這個嘛！我也不清楚。

例句

글쎄, 어찌하는지 잘 모르겠어요.

geul.sse//o*.jji.ha.neun.ji/jal/mo.reu.ge.sso*.yo

這個嘛！我不知道該怎麼辦。

글쎄요. 아직 결정하지 못해요.

geul.sse.yo//a.jik/gyo*l.jo*ng.ha.ji/mo.te*.yo

這個嘛！我還沒決定呢！

어머니 媽媽　시장 市場　모르다 不知道　어찌하다 怎麼做、怎麼辦
아직 尚、還　결정하다 決定

맞아요　ma.ja.yo　沒錯

會話一

A : 여기 50만 원입니다. 확인해 보세요.

yo*.gi/o.sim.man/wo.nim.ni.da//hwa.gin.he*/bo.se.yo

這裡是五十萬韓元，請確認。

B : 맞아요. 감사합니다.

yma.ja.yo//gam.sa.ham.ni.da

沒錯，謝謝您。

例句

그래. 맞아.

geu.re*//ma.ja

對，沒錯。

맞아요. 그런 일은 불가능합니다.

ma.ja.yo//geu.ro*n/i.reun/bul.ga.neung.ham.ni.da

沒錯，那種事是不可能的。

확인하다 確認　　**감사하다** 感謝　　**맞다** 沒錯、對　　**일** 事情
불가능하다 不可能

뭐라고? mwo.ra.go 你說什麼？

會話

A : 나랑 결혼해 줄래요?

　　na.rang/gyo*l.hon.he*/jul.le*.yo

　　你願意和我結婚嗎？

B : 네? 뭐라고요?

　　ne//mwo.ra.go.yo

　　什麼？你說什麼？

例句

뭐라고요? 다시 한 번 말씀해 주세요.

mwo.ra.go.yo//da.si/han/bo*n/mal.sseum.he*/ju.se.yo

您說什麼？麻煩您再說一次。

뭐라고? 당신 미쳤나!

mwo.ra.go//dang.sin/mi.cho*n.na

你說什麼？你瘋了嗎？

결혼하다 結婚　**다시** 再次　**말씀하다** 說話　**당신** 你（夫妻之間用語）
미치다 瘋

정말? jo*ng.mal 真的嗎？

會話一

A：그 영화는 아주 재미있어.

geu/yo*ng.hwa.neun/a.ju/je*.mi.i.sso*

這部電影很有趣。

B：정말? 나도 한 번 봐야 겠네.

jo*ng.mal//na.do/han/bo*n/bwa.ya/gen.ne

真的嗎？那我也要去看。

會話二

A：나는 고려대에 다녀요.

na.neun/go.ryo*.de*.e/da.nyo*.yo

我就讀高麗大學。

B：정말요? 나도 고려대 다녔거든요.

jo*ng.ma.ryo//na.do/go.ryo*.de*/da.nyo*t.go*.deu.nyo

真的嗎？我以前也是讀高麗大學。

영화 電影　**재미있다** 有趣、好玩　**다니다** 上課、上班

설마! so*l.ma 難道！、該不會…吧

例句

설마 그걸 진짜 믿는 건 아니겠지?
so*l.ma/geu.go*l/jin.jja/min.neun/go*n/a.ni.get.jji
你該不會真的相信那個吧？

설마 넌 나를 잊었어?
so*l.ma/no*n/na.reul/i.jo*.sso*
你該不會忘了我吧？

설마 이게 위조지폐야?
so*l.ma/i.ge/wi.jo.ji.pye.ya
難道這是偽鈔？

그걸 （為그것을的縮寫） 진짜 真的 믿다 相信 아니다 不是
잊다 忘記 위조지폐 假鈔、偽鈔

싫어! si.ro* 討厭、不要

會話

A : 민지야, 너 집에서 공부해.
min.ji.ya//no*/ji.be.so*/gong.bu.he*
旼志，你待在家讀書。

B : 싫어. 나도 오빠랑 같이 놀러 갈 거야.
si.ro*//na.do/o.ba.rang/ga.chi/nol.lo*/gal/go*.ya
不要，我也要和哥哥一起去玩。

例句

싫어. 귀찮아. 안 할래.

si.ro*//gwi.cha.na//an/hal.le*

不要！麻煩死了！我不做！

집 家　**공부하다** 讀書、學習　**오빠** 哥哥　**같이** 一起　**놀다** 玩

귀찮다 麻煩、不耐煩

아차! a.cha 哎呀！

例句

아차! 또 깜빡했다.

a.cha//do/gam.ba.ke*t.da

哎呀！我又忘了！

아차! 이번에도 서류를 못 가져왔네.

a.cha//i.bo*.ne.do/so*.ryu.reul/mot/ga.jo*.wan.ne

哎呀！這次也沒帶文件過來呢！

아차! 한 발 늦었구나!

a.cha//han/bal/neu.jo*t.gu.na

哎呀！晚了一步！

아차! 여기가 아니구나!

a.cha//yo*.gi.ga/a.ni.gu.na

哎呀！不是這裡啊！

또 又　**깜빡하다** 忘光光　**서류** 文件　**가져오다** 帶來

한 발 一步　늦다 晚、遲　여기 這裡　아니다 不是

V＋고 싶다　go/sip.da　想要…

例句

삼계탕을 먹고 싶어요.

sam.gye.tang.eul/mo*k.go/si.po*.yo
我想吃蔘雞湯。

한국어를 배우고 싶어요.

han.gu.go*.reul/be*.u.go/si.po*.yo
我想學韓語。

무엇을 사고 싶어요?

mu.o*.seul/ssa.go/si.po*.yo
你想買什麼？

삼계탕 人蔘雞湯　배우다 學習　무엇 什麼　사다 買

飲食
生活。

Chapter 2

煮飯

음식을 만들다　eum.si.geul/man.deul.da　做菜／下廚

例句

무슨 음식을 만들 줄 아세요?

mu.seun/eum.si.geul/man.deul/jjul/a.se.yo

你會做什麼菜呢？

한국 음식을 만들어 본 적이 있으세요?

han.guk/eum.si.geul/man.deu.ro*/bon/jo*.gi/i.sseu.se.yo

您有做過韓國菜嗎？

만들다 製作　　무슨 什麼　　알다 知道　　한국 韓國

밥을 하다　ba.beul/ha.da　做飯、煮飯

例句

친구가 아파서 친구 집에 가서 밥을 해 줬어요.

chin.gu.ga/a.pa.so*/chin.gu/ji.be/ga.so*/ba.beul/he*/jwo.sso*.yo

朋友生病，所以去朋友家做飯給他吃。

밥 飯　　하다 做　　친구 朋友　　아프다 痛、不適　　집 家

주다 給

밥을 짓다　ba.beul/jjit.da　煮飯

例句

압력솥으로 현미밥 지었어요.

am.nyo*k.sso.teu.ro/hyo*n.mi.bap/ji.o*.sso*.yo

我用壓力鍋煮了糙米飯。

강낭콩으로 맛있는 밥을 지었어요.

gang.nang.kong.eu.ro/ma.sin.neun/ba.beul/jji.o*.sso*.yo

我拿扁豆煮了好吃的飯。

밥 飯　　**짓다** 煮（飯）　　**압력솥** 壓力鍋　　**현미밥** 糙米飯　　**강낭콩** 扁豆

쌀을 씻다　ssa.reul/ssit.da　洗米

例句

뜨거운 물로 쌀을 씻으면 안 돼요.

deu.go*.un/mul.lo/ssa.reul/ssi.seu.myo*n/an/dwe*.yo

不可以用熱水洗米。

쌀 米　　**씻다** 洗　　**뜨겁다** 熱　　**물** 水

삼겹살을 굽다　sam.gyo*p.ssa.reul/gup.da　烤五花肉

例句

집에서 혼자 삼겹살을 구워서 먹었어요.

ji.be.so*/hon.ja/sam.gyo*p.ssa.reul/gu.wo.so*/mo*.go*.sso*.yo

獨自在家烤了五花肉吃。

삼겹살 五花肉　　**굽다** 烤　　**집** 家　　**혼자** 獨自　　**먹다** 吃

찌개를 끓이다　jji.ge*.reul/geu.ri.da　**燉湯**

例句

오늘 어머니가 맛있는 김치찌개를 끓여 주셨어요.

o.neul/o*.mo*.ni.ga/ma.sin.neun/gim.chi.jji.ge*.reul/geu.ryo*/ju.syo*.sso*.yo

今天媽媽煮了美味的泡菜鍋給我吃。

찌개 燉湯　**끓이다** 煮、燉　**어머니** 媽媽　**김치찌개** 泡菜鍋

라면을 끓이다　ra.myo*.neul/geu.ri.da　**煮泡麵**

例句

어제 저녁에 라면을 끓여 먹었어요.

o*.je/jo*.nyo*.ge/ra.myo*.neul/geu.ryo*/mo*.go*.sso*.yo

昨天晚上我煮泡麵來吃。

라면을 맛있게 끓이는 방법을 알려 주세요.

ra.myo*.neul/ma.sit.ge/geu.ri.neun/bang.bo*.beul/al.lyo*/ju.se.yo

請告訴我煮好吃泡麵的秘訣。

라면 泡麵　**끓이다** 燒、煮　**어제** 昨天　**저녁** 傍晚
맛있다 好吃　**방법** 方法　**알리다** 告知

料理程序

고기를 썰다　go.gi.reul/sso*l.da　切肉

例句

고기를 두껍게 썰어 주세요.
go.gi.reul/du.go*p.ge/sso*.ro*/ju.se.yo
請將肉切成厚片。

고기를 썰어 냉장고에 넣었다.
go.gi.reul/sso*.ro*/ne*ng.jang.go.e/no*.o*t.da
肉切好後放入冰箱。

고기 肉　**썰다** 切　**두껍다** 厚　**냉장고** 冰箱　**넣다** 放入

배추를 썰다　be*.chu.reul/sso*l.da　切白菜

例句

배추를 도마에 놓고 썰어요.
be*.chu.reul/do.ma.e/no.ko/sso*.ro*.yo
把白菜放在砧板上切。

김치는 3cm길이로 썰어요.
gim.chi.neun/sam.sen.ti.mi.to*/gi.ri.ro/sso*.ro*.yo
把泡菜切成3公分長。

배추 白菜　**도마** 砧板　**놓다** 放上　**김치** 泡菜　**센티미터** 公分

생선을 자르다　se*ng.so*.neul/jja.reu.da　剝魚

例句

생선을 토막으로 잘라 주세요.

se*ng.so*.neul/to.ma.geu.ro/jal.la/ju.se.yo

請將魚切塊。

생선 魚　　**자르다** 剪、切　　**토막** 塊、段

껍질을 벗기다　go*p.jji.reul/bo*t.gi.da　削皮、剝皮

例句

감자를 물에 깨끗이 씻어 껍질을 벗깁니다.

gam.ja.reul/mu.re/ge*.geu.si/ssi.so*/go*p.jji.reul/bo*t.gim.ni.da

把馬鈴薯用水洗乾淨後削皮。

껍질 外皮　　**벗기다** 剝掉　　**감자** 馬鈴薯　　**깨끗이** 乾淨地

만두를 만들다　man.du.reul/man.deul.da　包水餃

例句

고기 만두를 만드는 법을 알려 줄게요.

go.gi/man.du.reul/man.deu.neun/bo*.beul/al.lyo*/jul.ge.yo

我教你做鮮肉水餃的方法。

만두 水餃　　**만들다** 製作　　**고기** 肉　　**알리다** 告知

물기를 빼다　mul.gi.reul/be*.da　除去水氣

例句

배추는 소금으로 절여서 물기를 충분히 빼세요.

be*.chu.neun/so.geu.meu.ro/jo*.ryo*.so*/mul.gi.reul/chung.bun.hi/

be*.se.yo

請用鹽醃白菜，把水氣充分地排出。

물기 水氣　　**빼다** 去除、抽出　　**배추** 白菜　　**소금** 鹽巴
절이다 醃漬　　**충분히** 充分地

거품을 걷어내다　go*.pu.meul/go*.do*.ne*.da　撈泡沫

例句

찌개를 끓일 때 거품을 걷어내세요.

jji.ge*.reul/geu.ril de*/go*.pu.meul/go*.do*.ne*.se.yo

煮燉湯時，請把氣泡撈起來。

거품 泡沫、氣泡　　**걷어내다** 撈起　　**찌개** 燉湯

뚜껑을 따다　du.go*ng.eul/da.da　打開蓋子

例句

깡통따개로 뚜껑을 땁니다.

gang.tong.da.ge*.ro/du.go*ng.eul/dam.ni.da

用開罐器打開蓋子。

통조림 좀 따 주세요.

tong.jo.rim/jom/da/ju.se.yo

請幫我開罐頭。

뚜껑 蓋子　**따다** 摘、剖開　**깡통따개** 開罐器　**통조림** 罐頭
좀 稍微

랩을 씌우다　re*.beul/ssi.u.da　蓋上保鮮膜

例句

소스는 랩을 씌워 냉장고에 보관합니다.

so.seu.neun/re*.beul/ssi.wo/ne*ng.jang.go.e/bo.gwan.ham.ni.da

醬汁先蓋上保鮮膜後，放入冰箱保管。

랩 保鮮膜　**씌우다** 套上、戴上　**소스** 醬汁　**냉장고** 冰箱
보관하다 保管

전을 부치다　jo*.neul/bu.chi.da　煎餅

例句

후라이팬으로 달걀을 부쳤다.

hu.ra.i.pe*.neu.ro/dal.gya.reul/bu.cho*t.da

用平底鍋煎蛋。

이 집 아주머니가 해물 파전을 맛있게 부치세요.

i/jip/a.ju.mo*.ni.ga/he*.mul/pa.jo*.neul/ma.sit.ge/bu.chi.se.yo

這家店的阿姨很會煎海鮮煎餅。

전 煎餅　부치다 煎　후라이팬 平底鍋　달걀 雞蛋
아주머니 阿姨　해물 海產、海鮮　파전 蔥餅　맛있다 好吃

고기를 데치다　go.gi.reul/de.chi.da　燙肉

例句

고기는 끓는 물에 2분정도 살짝 데치면 됩니다.

go.gi.neun/geul.leun/mu.re/i.bun.jo*ng.do/sal.jjak/de.chi.myo*n/
dwem.ni.da

在滾水中稍微把肉燙個兩分鐘左右即可。

고기 肉　데치다 （用水）燙　끓다 沸騰　분 分　정도 左右
살짝 稍稍、輕輕

만두를 찌다　man.du.reul/jji.da　蒸水餃

例句

오늘 집에서 만두를 쪄 봤어요.

o.neul/jji.be.so*/man.du.reul/jjo*/bwa.sso*.yo

我今天在家蒸了水餃。

찌다 蒸　오늘 今天　집 家

고기를 볶다　go.gi.reul/bok.da　炒肉

例句

식용유를 넣고 닭고기를 약 5분간 볶아 주세요.

si.gyong.nyu.reul/no*.ko/dal.go.gi.reul/yak/o.bun.gan/bo.ga/ju.se.yo

放入油後，炒雞肉約五分鐘左右。

고기 肉　복다 炒　식용유 食用油　닭고기 雞肉　약 約、大概

음식을 데우다　eum.si.geul/de.u.da　加熱菜

例句

엄마, 국 좀 데워 주세요.
o*m.ma//guk/jom/de.wo/ju.se.yo
媽，幫我熱湯。

전자레인지로 도시락을 데웠어요.
jo*n.ja.re.in.ji.ro/do.si.ra.geul/de.wo.sso*.yo
用微波爐熱便當。

데우다 加熱　엄마 媽媽　국 湯　전자레인지 微波爐
도시락 便當

고구마를 삶다　go.gu.ma.reul/ssam.da　煮地瓜

例句

내가 고구마를 삶았는데 먹어 봐요.
ne*.ga/go.gu.ma.reul/ssal.man.neun.de/mo*.go*/bwa.yo
我煮了地瓜，你吃吃看。

고구마 地瓜　삶다 煮　먹어보다 吃看看

새우를 튀기다 se*.u.reul/twi.gi.da   炸蝦

例句

새우에 튀김가루를 묻혀 튀겼어요.

se*.u.e/twi.gim.ga.ru.reul/mu.tyo*/twi.gyo*.sso*.yo
把蝦子沾上炸粉後拿去炸。

새우 蝦子　**튀기다** 炸　**튀김가루** 炸粉　**묻히다** 沾、埋

두부를 지지다 du.bu.reul/jji.ji.da   煎豆腐

例句

두부를 지질 줄 알아요?

du.bu.reul/jji.jil/jul/a.ra.yo
你會煎豆腐嗎？

두부 豆腐　**지지다** 煎　**알다** 知道

잘 익었다 jal/i.go*t.da   熟透

例句

방울토마토가 잘 익었어요.

bang.ul.to.ma.to.ga/jal/i.go*.sso*.yo
小番茄熟透了。

집 앞 텃밭에 고추들이 다 잘 익었네요.

jip/ap/to*t.ba.te/go.chu.deu.ri/da/jal/i.go*n.ne.yo
家前方菜園裡的辣椒都熟透了呢！

| 잘 | 好好地 | 익다 | 熟 | 방울토마토 | 小番茄 | 앞 | 前方 | 텃밭 | 菜園 |
| 고추 | 辣椒 | 다 | 都、全部 |

덜 익었다　do*l/i.go*t.da　沒熟

例句

수박을 사왔는데 덜 익었어요.

su.ba.geul/ssa.wan.neun.de/do*l/i.go*.sso*.yo

我買來了西瓜，可是還沒熟。

아직 덜 익었는데 먹지 마요.

a.jik/do*l/i.go*n.neun.de/mo*k.jji/ma.yo

還沒熟，不要吃。

| 덜 | 不夠、不太 | 수박 | 西瓜 | 사오다 | 買來 | 아직 | 尚未、還 |
| 먹다 | 吃 |

家庭用餐

식사를 하다　sik.ssa.reul/ha.da　用餐

例句

저녁식사를 다 하셨어요?
jo*.nyo*k.ssik.ssa.reul/da/ha.syo*.sso*.yo
吃過晚餐了嗎？

점심 식사라도 같이 할까요?
jo*m.sim/sik.ssa.ra.do/ga.chi/hal.ga.yo
要不要一起吃午餐？

저녁 晚餐、晚上　다 都、全部　점심 午餐、中午　같이 一起

밥을 푸다　ba.beul/pu.da　盛飯

例句

밥 주걱으로 밥을 푸었어요.
bap/ju.go*.geu.ro/ba.beul/pu.o*.sso*.yo
用飯匙盛飯。

밥 飯　푸다 舀、盛　주걱 勺子

국물을 뜨다　gung.mu.reul/deu.da　盛湯

例句

국자로 국물을 떠요.

guk.jja.ro/gung.mu.reul/do*.yo
用湯勺盛湯。

국물 湯　뜨다 舀、盛　국자 湯勺

밥을 먹다　ba.beul/mo*k.da　吃飯

例句

밥을 먹었어요?
ba.beul/mo*.go*.sso*.yo
你吃飯了嗎？

우리 밥 먹으러 가자!
u.ri/bap/mo*.geu.ro*/ga.ja
我們去吃飯吧！

시간이 없어서 밥을 못 먹었어요.
si.ga.ni/o*p.sso*.so/ba.beul/mot/mo*.go*.sso*.yo
因為沒有時間，沒辦法吃飯。

밥 飯　먹다 吃　우리 我們　가다 去　시간 時間　없다 沒有

사과를 깎다　sa.gwa.reul/gak.da　削蘋果

例句

사과 좀 깎아 주세요.
sa.gwa/jom/ga.ga/ju.se.yo
請幫我削蘋果。

사과를 깎아 놓으면 왜 색이 변하죠?

sa.gwa.reul/ga.ga/no.eu.myo*n/we*/se*.gi/byo*n.ha.jyo

為什麼蘋果削好後會變色呢？

사과 蘋果　**깎다** 削　**왜** 為什麼　**색** 顏色　**변하다** 改變

음식을 가리다　eum.si.geul/ga.ri.da　挑食／忌口

例句

음식을 가려 먹지 마라.

eum.si.geul/ga.ryo*/mo*k.jji/ma.ra

不要挑食。

가리다 區分、挑　**먹다** 吃

在外用餐

음식을 시키다　eum.si.geul/ssi.ki.da　點菜

例句

지금 음식을 시켜 먹읍시다.

ji.geum/eum.si.geul/ssi.kyo*/mo*.geup.ssi.da

我們現在點菜來吃吧！

우리 비싼 음식을 시킬까요?

u.ri/bi.ssan/eum.si.geul/ssi.kil.ga.yo

我們點貴的菜，好嗎？

음식 食物　시키다 點菜　지금 現在　비싸다 貴

음식을 내오다　eum.si.geul/ne*.o.da　上菜

例句

손님 오셨으니 빨리 음식을 내오세요!

son.nim/o.syo*.sseu.ni/bal.li/eum.si.geul/ne*.o.se.yo

客人來了，請你快點上菜。

음식 食物　내오다 拿出來　손님 客人　오다 來　빨리 趕快

밥을 사먹다　ba.beul/ssa.mo*k.da　買飯吃

例句

점심에 근처의 식당에 가서 밥을 사먹었다.

jo*m.si.me/geun.cho*.ui/sik.dang.e/ga.so*/ba.beul/ssa.mo*.go*t.da

中午去附近的餐館買飯吃了。

밥을 안 먹어서 길에서 떡볶이를 사먹었어요.

ba.beul/an/mo*.go*.so*/gi.re.so*/do*k.bo.gi.reul/ssa.mo*.go*.sso*.yo

沒吃飯，所以在路邊買辣炒年糕來吃了。

사먹다 買來吃　　**점심** 中午、中餐　　**근처** 附近　　**식당** 餐館

길 路上　　**떡볶이** 辣炒年糕

한턱을 내다　han.to*.geul/ne*.da　請客

例句

오늘 제가 한턱 낼게요.

o.neul/jje.ga/han.to*k/ne*l.ge.yo

今天我請客。

다음에 누가 한턱낼 거예요?

da.eu.me/nu.ga/han.to*ng.ne*l/go*.ye.yo

下次誰要請客？

한턱 一餐　　**내다** 付出、拿出　　**오늘** 今天　　**다음** 下次　　**누구** 誰

味道

간을 보다　ga.neul/bo.da　試味道

例句

엄마, 음식 간 좀 봐 주세요.
o*m.ma,/eum.sik/gan/jom/bwa/ju.se.yo
媽媽，幫我試菜的味道。

이 음식 맛 좀 봐 주세요.
i/eum.sik/mat/jom/bwa/ju.se.yo
你試試看這道菜的味道。

간 鹹淡、口味　**맛** 味道　**음식** 食物

냄새를 맡다　ne*m.se*.reul/mat.da　聞味道

例句

냄새를 먼저 맡아 보세요.
ne*m.se*.reul/mo*n.jo*/ma.ta/bo.se.yo
請您先聞味道。

감기가 너무 심해서 냄새를 못 맡아요.
gam.gi.ga/no*.mu/sim.he*.so*/ne*m.se*.reul/mot/ma.ta.yo
感冒太嚴重了，聞不出味道。

냄새 味道　**맡다** 聞　**먼저** 先　**감기** 感冒　**심하다** 嚴重
못 無法

군침이 돌다　gun.chi.mi/dol.da　流口水

例句

정말 먹고 싶다. 군침이 도네요.

jo*ng.mal/mo*k.go/sip.da//gun.chi.mi/do.ne.yo

真的好想吃，都流口水了呢！

생각만 해도 입 안에 군침이 돌아요.

se*ng.gang.man/he*.do/ip/a.ne/gun.chi.mi/do.ra.yo

光是想像就垂涎欲滴了。

정말 真的　　**군침** 口水　　**돌다** 轉動、流動　　**생각** 想法　　**입** 嘴

안 裡面、內

맛이 없다　ma.si/o*p.da　不好吃

例句

야채국이 싱거워서 맛이 없어요.

ya.che*.gu.gi/sing.go*.wo.so*/ma.si/o*p.sso*.yo

蔬菜湯太清淡不好喝。

음식이 왜 이렇게 맛이 없을까요?

eum.si.gi/we*/i.ro*.ke/ma.si/o*p.sseul.ga.yo

菜為什麼這麼不好吃？

맛 味道　　**없다** 沒有　　**야채국** 蔬菜湯　　**싱겁다** 清淡　　**왜** 為什麼

이렇게 這樣

喝茶、飲料

차를 타다　cha.reul/ta.da　泡茶

例句

녹차를 직접 타서 마셔요.

nok.cha.reul/jjik.jjo*p/ta.so*/ma.syo*.yo

親自泡綠茶來喝。

홍차 타는 법은 간단합니다.

hong.cha/ta.neun/bo*.beun/gan.dan.ham.ni.da

泡紅茶的方法很簡單。

차 茶　녹차 綠茶　직접 親自　마시다 喝　법 方法
간단하다 簡單

차를 마시다　cha.reul/ma.si.da　喝茶

例句

차 한 잔 마실까요?

cha/han/jan/ma.sil.ga.yo

要不要來一杯茶？

녹차를 마시고 싶어요.

nok.cha.reul/ma.si.go/si.po*.yo

我想喝綠茶。

차를 마실까요? 커피를 마실까요?

cha.reul/ma.sil.ga.yo//ko*.pi.reul/ma.sil.ga.yo

你要喝茶還是咖啡？

차 茶、車　　**마시다** 喝　　**한 잔** 一杯　　**녹차** 綠茶　　**커피** 咖啡

음료수를 뽑다　eum.nyo.su.reul/bop.da　**買投幣式飲料**

例句

자판기에 돈을 넣고 음료수를 뽑아 마셨다.

ja.pan.gi.e/do.neul/no*.ko/eum.nyo.su.reul/bo.ba/ma.syo*t.da

把錢投入自動販賣機後，選了杯飲料來喝了。

음료수 飲料　　**뽑다** 拔、挑選　　**넣다** 投入、放入　　**자판기** 自動販賣機
마시다 喝

咖啡

커피를 타다 ko*.pi.reul/ta.da 泡咖啡

例句

난 매일 아침에 커피를 타서 마셔요.

nan/me*.il/a.chi.me/ko*.pi.reul/ta.so*/ma.syo*.yo

我每天早上都泡咖啡喝。

커피 咖啡 **타다** 泡、搭乘 **매일** 每天 **아침** 早上

커피를 끓이다 ko*.pi.reul/geu.ri.da 煮咖啡

例句

그녀가 끓이는 커피가 정말 맛있어요.

geu.nyo*.ga/geu.ri.neun/ko*.pi.ga/jo*ng.mal/ma.si.sso*.yo

她煮得咖啡真的很好喝。

끓이다 煮 **그녀** 她 **정말** 真的 **맛있다** 好吃

커피콩을 갈다 ko*.pi.kong.eul/gal.da 磨咖啡豆

例句

커피 원두콩을 갈아서 커피를 타 먹었다.

ko*.pi/won.du.kong.eul/ga.ra.so*/ko*.pi.reul/ta/mo*.go*t.da

磨好咖啡原豆後，泡咖啡喝了。

커피콩 咖啡豆 **갈다** 磨 **원두콩** 原豆

喝酒

술을 먹다　su.reul/mo*k.da　喝酒

例句

여자친구랑 같이 술을 먹었어요.
yo*.ja.chin.gu.rang/ga.chi/su.reul/mo*.go*.sso*.yo
我和女朋友一起喝了酒。

나 오늘 술 좀 먹었어요.
na/o.neul/ssul/jom/mo*.go*.sso*.yo
我今天喝了點酒。

술 酒　**여자친구** 女朋友　**같이** 一起　**나** 我　**좀** 稍微、一點

술을 마시다　su.reul/ma.si.da　喝酒

例句

술을 많이 마시지 마세요.
su.reul/ma.ni/ma.si.ji/ma.se.yo
請不要喝太多酒。

술 酒　**마시다** 喝　**많이** 多地

술이 세다　su.ri/se.da　酒量好

例句

저는 술이 셉니다.

jo*.neun/su.ri/sem.ni.da

我的酒量很好。

술 센 사람이 알코올중독 위험성이 더 높다.

sul/sen/sa.ra.mi/al.ko.ol.jung.dok/wi.ho*.m.so*ng.i/do*/nop.da

酒量好的人酒精中毒的危險性更高。

세다 猛、強烈　　**저** 我　　**사람** 人　　**알코올** 酒精　　**중독** 中毒

위험성 危險性　　**더** 更　　**높다** 高

술이 독하다　su.ri/do.ka.da　酒烈

세상에서 가장 독한 술은 무엇인가요?

se.sang.e.so*/ga.jang/do.kan/su.reun/mu.o*.sin.ga.yo

世界上最烈的酒是什麼？

독하다 毒、烈　　**세상** 世界　　**가장** 最、第一　　**무엇** 什麼

술이 약하다　su.ri/ya.ka.da　酒量差

例句

저는 술이 약합니다.

jo*.neun/su.ri/ya.kam.ni.da

我酒量很差。

술 酒　　**약하다** 弱

술을 못하다　su.reul/mo.ta.da　不會喝酒

例句

저는 술을 못해요. 안 마셔도 됩니까?

jo*.neun/su.reul/mo.te*.yo//an/ma.syo*.do/dwem.ni.ga

我不會喝酒，可以不喝嗎？

못하다 不會、不擅長　　**안** 不

술이 취하다　su.ri/chwi.ha.da　酒醉

例句

술이 취한 사람은 괴롭다.

su.ri/chwi.han/sa.ra.meun/gwe.rop.da

酒醉的人很難受。

어떻게 하면 술이 덜 취하나요?

o*.do*.ke/ha.myo*n/su.ri/do*l/chwi.ha.na.yo

該怎麼做，比較不會酒醉？

취하다 醉　　**괴롭다** 痛苦、難受　　**어떻게** 如何　　**덜** 少、不夠

日常
生活。

Chapter **3**

開燈、電器

불을 켜다 bu.reul/kyo*.da 開燈

例句

아이가 자는데 불 켜지 말아요.

a.i.ga/ja.neun.de/bul/kyo*.ji/ma.ra.yo

孩子在睡覺，不要開燈。

불 좀 켜 주세요.

bul/jom/kyo*/ju.se.yo

請幫我開燈。

불 火、燈 **아이** 小孩 **자다** 睡覺

불을 끄다 bu.reul/geu.da 關燈

例句

나가기 전에 불 꼭 끄세요.

na.ga.gi/jo*.ne/bul/gok/geu.se.yo

出去前，請務必要關燈。

불을 꺼도 방이 환해요.

bu.reul/go*.do/bang.i/hwan.he*.yo

把燈關掉，房間還很亮。

자, 촛불을 끕시다!

ja//chot.bu.reul/geup.ssi.da

好了，我們熄蠟燭吧！

| 끄다 | 關（電器） | 나가다 | 出去 | 꼭 | 一定 | 방 | 房間 | 환하다 | 明亮 |

촛불 燭火

에어컨을 켜다　e.o*.ko*.neul/kyo*.da　開冷氣

例句

에어컨을 켤까요?

e.o*.ko*.neul/kyo*l.ga.yo

要開冷氣嗎？

에어컨 좀 켜 주세요.

e.o*.ko*n/jom/kyo*/ju.se.yo

請開冷氣。

도서관에서 에어컨을 안 켜서 너무 더워요.

do.so*.gwa.ne.so*/e.o*.ko*.neul/an/kyo*.so*/no*.mu/do*.wo.yo

圖書館沒開冷氣，很熱。

| 에어컨 | 冷氣、空調 | 켜다 | 開（電器） | 도서관 | 圖書館 | 너무 | 太、很 |

電視、廣播

텔레비전을 보다 tel.le.bi.jo*.neul/bo.da 看電視

例句

텔레비전을 보면서 밥을 먹어요.
tel.le.bi.jo*.neul/bo.myo*n.so*/ba.beul/mo*.go*.yo
邊看電視邊吃飯。

식사 후에 나는 한국 드라마를 봤다.
sik.ssa/hu.e/na.neun/han.guk/deu.ra.ma.reul/bwat.da
用餐後我看了韓國連續劇。

텔레비전 電視　**보다** 看　**식사** 用餐　**한국** 韓國　**드라마** 連續劇

채널을 바꾸다 che*.no*.reul/ba.gu.da 轉台

例句

광고가 나오면 채널을 바꿔요.
gwang.go.ga/na.o.myo*n/che*.no*.reul/ba.gwo.yo
廣告出來就轉台。

다른 채널로 바꿔 주시겠어요?
da.reun/che*.no*l.lo/ba.gwo/ju.si.ge.sso*.yo
可以請您轉到其他頻道嗎？

채널 （電視）頻道　**바꾸다** 更換　**광고** 廣告　**나오다** 出來
다르다 不同

라디오를 듣다 ra.di.o.reul/deut.da 聽廣播

例句

할머니가 라디오를 자주 들으시는 것 같아요.

hal.mo*.ni.ga/ra.di.o.reul/jja.ju/deu.reu.si.neun/go*t/ga.ta.yo

奶奶好像很常聽廣播。

어제 아침에 출근하면서 라디오를 들었어요.

o*.je/a.chi.me/chul.geun.ha.myo*n.so*/ra.di.o.reul/deu.ro*.sso*.yo

昨天早上我在上班的路上邊聽廣播。

라디오 收音機、廣播   **듣다** 聽   **할머니** 奶奶   **자주** 經常
아침 早上   **출근하다** 上班

라디오를 틀다 ra.di.o.reul/teul.da 打開廣播

例句

아줌마가 라디오를 크게 틀고 집 청소를 하세요.

a.jum.ma.ga/ra.di.o.reul/keu.ge/teul.go/jip/cho*ng.so.reul/ha.se.yo

阿姨會把廣播開得很大聲，然後接著打掃。

라디오 廣播、收音機   **틀다** 轉開   **아줌마** 阿姨   **크다** 大
청소 打掃

電腦、上網

인터넷을 하다　in.to*.ne.seul/ha.da　上網

例句

인터넷을 하다가 갑자기 다운됐어요.

in.to*.ne.seul/ha.da.ga/gap.jja.gi/da.un.dwe*.sso*.yo

上網上到一半突然當機了。

젊은 사람에게는 인터넷을 하는 건 어려운 일이 아닙니다.

jo*l.meun/sa.ra.me.ge.neun/in.to*.ne.seul/ha.neun/go*n/o*.ryo*.un/
i.ri/a.nim.ni.da

對年輕人而言，上網並非難事。

인터넷 網路　갑자기 突然　다운되다 當機　젊다 年輕
어렵다 困難　일 事情　아니다 不是

시디로 굽다　si.di.ro/gup.da　燒錄CD

例句

내가 동영상을 받으면 시디로 구워 줄게요.

ne*.ga/dong.yo*ng.sang.eul/ba.deu.myo*n/si.di.ro/gu.wo/jul.ge.yo

我收到影片後，再燒成CD給你。

굽다 烤、燒製　동영상 影片　받다 收到、拿到

이메일을 보내다　i.me.i.reul/bo.ne*.da　寄e-mail

例句

이메일을 보냈는데 아직까지 답장이 없네요.

i.me.i.reul/bo.ne*n.neun.de/a.jik.ga.ji/dap.jjang.i/o*m.ne.yo

寄了e-mail，但目前還沒收到回覆。

이메일을 보내 주셔서 감사합니다.

i.me.i.reul/bo.ne*/ju.syo*.so*/gam.sa.ham.ni.da

謝謝您寄mail過來。

이메일 e-mail　**보내다** 寄、送　**아직** 尚未、仍　**답장** 回覆

없다 沒有　**감사하다** 謝謝

답장을 보내다　dap.jjang.eul/bo.ne*.da　送出回覆

例句

미국 친구에게 답장을 보내려고 하는데 영어는 몰라요.

mi.guk/chin.gu.e.ge/dap.jjang.eul/bo.ne*.ryo*.go/ha.neun.de/yo*ng.
o*.neun/mol.la.yo

我想回信給美國的朋友，可是我不會英文。

아, 미연이한테 아직 답장을 안 보냈네.

a//mi.yo*.ni.han.te/a.jik/dap.jjang.eul/an/bo.ne*n.ne

啊！我還沒回覆美妍耶！

답장 回信、回覆　**미국** 美國　**영어** 英語　**모르다** 不知道、不會

아직 尚未、仍

打電話

전화를 걸다　jo*n.hwa.reul/go*l.da　打電話

例句

친구한테 세 번이나 전화를 걸었는데 안 받았어요.

chin.gu.han.te/se/bo*.ni.na/jo*n.hwa.reul/go*.ro*n.neun.de/an/ba.da.
sso*.yo

打了三次電話給朋友，可是都沒接。

김 선생님께 전화를 걸어 봤어요?

gim/so*n.se*ng.nim.ge/jo*n.hwa.reul/go*.ro*/bwa.sso*.yo

你打電話給金老師了嗎？

전화 電話　**걸다** 打（電話）　**받다** 接（電話）　**김** 金（姓氏）
선생님 老師

전화를 끊다　jo*n.hwa.reul/geun.ta　掛電話

例句

상대편 목소리가 안 들려서 먼저 끊었습니다.

sang.de*.pyo*n/mok.sso.ri.ga/an/deul.lyo*.so*/mo*n.jo*/geu.no*t.
sseum.ni.da

因為聽不到對方的聲音，所以先掛了電話。

전화를 끊지 말고 기다리세요.

jo*n.hwa.reul/geun.chi/mal.go/gi.da.ri.se.yo

請別掛掉電話，稍等一會。

전화 電話　끊다 中斷、切斷　상대편 對方　목소리 聲音
들리다 聽見　먼저 先　기다리다 等待

N 에게 전화하다　e.ge/jo*n.hwa.ha.da　打電話給某人

例句

누구에게 전화를 했어요?
nu.gu.e.ge/jo*n.hwa.reul/he*.sso*.yo
你打電話給誰了？

엄마에게 전화를 했어요.
o*m.ma.e.ge/jo*n.hwa.reul/he*.sso*.yo
我打電話給媽媽了。

전화하다 打電話　누구 誰　엄마 媽媽

N 에 전화하다　e/jo*n.hwa.ha.da　打電話到某處

例句

어디에 전화를 했어요?
o*.di.e/jo*n.hwa.reul/he*.sso*.yo
你打電話到哪裡？

병원에 전화를 했어요.
byo*ng.wo.ne/jo*n.hwa.reul/he*.sso*.yo
我打電話到醫院。

전화하다 打電話　어디 哪裡　병원 醫院

전화를 받다　jo*n.hwa.reul/bat.da　**接電話**

例句

전화 왔어요. 빨리 받아요.

jo*n.hwa/wa.sso*.yo//bal.li/ba.da.yo

電話響了，快點接。

전화를 안 받네요.

jo*n.hwa.reul/an/ban.ne.yo

沒人接電話耶。

왜 전화를 받지 않았어요?

we*/jo*n.hwa.reul/bat.jji/a.na.sso*.yo

為什麼不接電話？

전화 電話　　**받다** 收到、接（電話）　　**오다** 來　　**빨리** 趕快、快點

문자를 보내다　mun.ja.reul/bo.ne*.da　**傳簡訊**

例句

대학 후배에게 생일 축하 문자를 보냈어요.

de*.hak/hu.be*.e.ge/se*ng.il/chu.ka/mun.ja.reul/bo.ne*.sso*.yo

我有傳生日祝賀簡訊給大學學妹。

누구한테 문자를 보냈어요?

nu.gu.han.te/mun.ja.reul/bo.ne*.sso*.yo

你傳簡訊給誰？

| 문자 文字 | 보내다 寄、傳 | 대학 大學 | 후배 後輩、學弟妹 |
| 생일 生日 | 축하하다 祝賀 |

전화가 오다　jo*n.hwa.ga/o.da　電話響

例句

전화 왔는데 제가 받을까요?
jo*n.hwa/wan.neun.de/je.ga/ba.deul.ga.yo
電話響了，我來接嗎？

아침에 은행에서 전화가 왔어요.
a.chi.me/eun.he*ng.e.so*/jo*n.hwa.ga/wa.sso*.yo
早上銀行有打電話過來。

전화 電話　오다 來　받다 接（電話）　아침 早上　은행 銀行

洗梳

손을 씻다　so.neul/ssit.da　洗手

例句

손을 깨끗이 씻어요.
so.neul/ge*.geu.si/ssi.so*.yo
把手洗乾淨。

먹기 전에 먼저 손을 씻어라.
mo*k.gi/jo*.ne/mo*n.jo*/so.neul/ssi.so*.ra
吃之前，先洗手。

손	手	씻다	洗	깨끗이	乾淨地、清潔地	먼저	先

이를 닦다　i.reul/dak.da　刷牙

例句

이를 닦으러 욕실에 갔다.
i.reul/da.geu.ro*/yok.ssi.re/gat.da
去浴室刷牙了。

나는 이를 닦으면 피가 나요.
na.neun/i.reul/da.geu.myo*n/pi.ga/na.yo
我刷牙會流血。

이	牙齒	닦다	擦、刷	욕실	浴室	피	血	나다	出現、產生

양치질을 하다　yang.chi.ji.reul/ha.da　漱口、刷牙

例句

하루에 세 번씩 양치질을 해야 합니다.

ha.ru.e/se/bo*n.ssik/yang.chi.ji.reul/he*.ya/ham.ni.da

一天必須刷三次牙。

하루 一天　세 번 三次　씩 每、平均

머리를 감다　mo*.ri.reul/gam.da　洗頭

例句

나는 매일 머리를 감아요.

na.neun/me*.il/mo*.ri.reul/ga.ma.yo

我每天洗頭。

너무 뜨거운 물로 머리를 감지 마세요.

no*.mu/deu.go*.un/mul.lo/mo*.ri.reul/gam.ji/ma.se.yo

請不要用過燙的水洗頭。

감다 洗（頭）　매일 每天　뜨겁다 熱、燙　물 水

면도를 하다　myo*n.do.reul/ha.da　刮鬍子

例句

아빠가 면도기로 면도를 해요.

a.ba.ga/myo*n.do.gi.ro/myo*n.do.reul/he*.yo

爸爸用刮鬍刀刮鬍子。

면도를 안 하는 남자가 싫어요.

myo*n.do.reul/an/ha.neun/nam.ja.ga/si.ro*.yo

我討厭不刮鬍子的男生。

아빠 爸爸　**면도기** 刮鬍刀　**남자** 男生　**싫다** 討厭

수염을 깎다　su.yo*.meul/gak.da　刮鬍子

例句

수염 안 깎은 지 한 달이 되었어요.

su.yo*m/an/ga.geun/ji/han/da.ri/dwe.o*.sso*.yo

沒刮鬍子已經有一個月了。

수염 鬍鬚　**깎다** 剔、刮、削　**한 달** 一個月

就寢

이불을 깔다　i.bu.reul/gal.da　鋪被子

例句

전 바닥에 이불을 깔고 자요.

jo*n/ba.da.ge/i.bu.reul/gal.go/ja.yo

我把被子鋪在地板上睡覺。

이불 棉被　**깔다** 鋪、墊　**바닥** 地板

이불을 덮다　i.bu.reul/do*p.da　蓋被子

例句

아무리 더워도 이불을 덮고 자요.

a.mu.ri/do*.wo.do/i.bu.reul/do*p.go/ja.yo

不管多熱，我都會蓋被子睡覺。

덮다 蓋上　**아무리** 無論如何　**덥다** 熱　**자다** 睡覺

잠이 들다　ja.mi/deul.da　睡著

例句

너무 피곤해서 침대에 눕자마자 잠들었어요.

no*.mu/pi.gon.he*.so*/chim.de*.e/nup.jja.ma.ja/jam.deu.ro*.sso*.yo

太累了，一躺在床上就睡著了。

새벽 6시에 잠이 들었다가 9시쯤에 깼습니다.

se*.byo*k/yo*.so*t/si.e/ja.mi/deu.ro*t.da.ga/a.hop/si.jjeu.me/ge*t.

sseum.ni.da

凌晨六點睡著後，九點左右就醒了。

| 잠 睡覺 | 들다 進入 | 너무 很、非常 | 피곤하다 疲累 | 침대 床 |

| 눕다 躺下 | 새벽 凌晨 | 깨다 睡醒、清醒 |

잠을 자다　ja.meul/jja.da　睡覺

例句

친구가 집에 왔어요. 그래서 잠을 자지 못 했어요.

chin.gu.ga/ji.be/wa.sso*.yo//geu.re*.so*/ja.meul/jja.ji/mot/

he*.sso*.yo

朋友來家裡了，所以沒辦法睡覺。

잠을 자기 전에 물을 마시면 피부가 좋아져요.

ja.meul/jja.gi/jo*.ne/mu.reul/ma.si.myo*n/pi.bu.ga/jo.a.jo*.yo

睡覺前喝水皮膚會變好。

| 자다 睡覺 | 친구 朋友 | 그래서 所以 | 물 水 | 마시다 喝 |

| 피부 皮膚 | 좋아지다 變好 |

化妝、打扮

거울을 보다　go*.u.reul/bo.da　照鏡子

例句

거울을 보면서 화장을 해요.
go*.u.reul/bo.myo*n.so*/hwa.jang.eul/he*.yo
邊照鏡子邊化妝。

내 여자친구가 거울 보는 것을 좋아해요.
ne*/yo*.ja.chin.gu.ga/go*.ul/bo.neun/go*.seul/jjo.a.he*.yo
我女朋友喜歡照鏡子。

거울 鏡子　　화장 化妝　　여자친구 女朋友　　좋다 喜歡、好

화장을 하다　hwa.jang.eul/ha.da　化妝

例句

누나는 화장을 안 하면 밖에 못 나가요.
nu.na.neun/hwa.jang.eul/an/ha.myo*n/ba.ge/mot/na.ga.yo
姊姊沒化妝不敢出門。

우리가 화장실에서 화장을 해요.
u.ri.ga/hwa.jang.si.re.so*/hwa.jang.eul/he*.yo
我們在化妝室化妝。

화장 化妝　　누나 姊姊　　밖 外面　　나가다 出去　　우리 我們
화장실 化妝室

아이라인을 그리다　a.i.ra.i.neul/geu.ri.da　畫眼線

例句

아이라인은 어떻게 그려요? 가르쳐 줘요.

a.i.ra.i.neun/o*.do*.ke/geu.ryo*.yo//ga.reu.cho*/jwo.yo

眼線怎麼畫？教教我吧！

아이라인　眼線　　그리다　畫　　가르치다　教導

아이섀도를 묻히다　a.i.sye*.do.reul/mu.chi.da　畫眼影

例句

브러쉬로 아이섀도를 골고루 묻힙니다.

beu.ro*.swi.ro/a.i.sye*.do.reul/gol.go.ru/mu.chim.ni.da

用眼影棒均勻地塗上眼影。

아이섀도　眼影　　묻히다　沾、塗　　브러쉬　刷子　　골고루　均勻地

인조속눈썹을 붙이다　in.jo.song.nun.sso*.beul/bu.chi.da
貼假睫毛

例句

인조 속눈썹을 붙이기 전에 먼저 아이섀도를 발라요.

in.jo/song.nun.sso*.beul/bu.chi.gi/jo*.ne/mo*.n.jo*/a.i.sye*.do.reul/

bal.la.yo

貼假睫毛之前，先擦眼影。

인조　人造　　속눈썹　睫毛　　붙이다　貼、黏　　먼저　先　　바르다　擦、塗

립스틱을 바르다　rip.sseu.ti.geul/ba.reu.da　擦口紅

例句

여러분은 보통 어떤 립스틱을 발랐나요?

yo*.ro*.bu.neun/bo.tong/o*.do*n/rip.sseu.ti.geul/bal.lan.na.yo

大家一般都擦哪種口紅呢？

오늘 분홍색 립스틱을 발랐습니다.

o.neul/bun.hong.se*k/rip.sseu.ti.geul/bal.lat.sseum.ni.da

今天我擦了粉紅色的口紅。

립스틱 口紅　**여러분** 各位、大家　**보통** 一般　**어떤** 怎麼樣的
분홍색 粉紅色

로션을 바르다　ro.syo*.neul/ba.reu.da　擦乳液

例句

날씨가 건조할 때 난 로션을 자주 발라요.

nal.ssi.ga/go*n.jo.hal/de*/nan/ro.syo*.neul/jja.ju/bal.la.yo

天氣乾燥時，我經常會擦乳液。

로션 乳液　**날씨** 天氣　**건조하다** 乾燥　**자주** 經常

화장을 고치다　hwa.jang.eul/go.chi.da　補妝

例句

화장을 고치러 화장실에 갔어요.
hwa.jang.eul/go.chi.ro*/hwa.jang.si.re/ga.sso*.yo
去化妝室補妝了。

고치다 修正、修補 　화장실 化妝室、廁所

화장을 지우다　hwa.jang.eul/jji.u.da　卸妝

例句

클렌징으로 화장을 깨끗하게 지워요.
keul.len.jing.eu.ro/hwa.jang.eul/ge*.geu.ta.ge/ji.wo.yo
用洗面乳把妝卸乾淨。

지우다 擦掉、抹掉 　클렌징 洗面乳 　깨끗하다 乾淨

손톱을 깎다　son.to.beul/gak.da　剪指甲

例句

손톱깎기로 손톱을 깎고 있습니다.
son.top.gak.gi.ro/son.to.beul/gak.go/it.sseum.ni.da
正用指甲刀剪指甲。

손톱 手指甲 　깎다 剪、削

매니큐어를 바르다　me*.ni.kyu.o*.reul/ba.reu.da
擦指甲油

例句

임산부가 매니큐어를 발라도 되나요?

im.san.bu.ga/me*.ni.kyu.o*.reul/bal.la.do/dwe.na.yo

孕婦可以擦指甲油嗎？

손톱에 빨간색 매니큐어를 발랐어요.

son.to.be/bal.gan.se*k/me*.ni.kyu.o*.reul/bal.la.sso*.yo

在指甲上擦了紅色的指甲油。

매니큐어 指甲油　**임산부** 孕婦　**손톱** 指甲　**빨간색** 紅色

향수를 뿌리다　hyang.su.reul/bu.ri.da　擦香水

例句

혹시 향수 뿌렸어요?

hok.ssi/hyang.su/bu.ryo*.sso*.yo

你有擦香水嗎？

그녀가 손수건에 향수를 뿌렸다.

geu.nyo*.ga/son.su.go*.ne/hyang.su.reul/bu.ryo*t.da

她在手帕上噴了香水。

향수 香水　**뿌리다** 噴、灑　**손수건** 手帕

穿衣、穿鞋

옷을 입다　o.seul/ip.da　穿衣服

例句

빨리 옷을 입고 나와요.
bal.li/o.seul/ip.go/na.wa.yo
快點穿好衣服出來。

새 옷을 입고 싶어요.
se*/o.seul/ip.go/si.po*.yo
我想穿新衣服。

밖이 추우니까 외투를 입으세요.
ba.gi/chu.u.ni.ga/we.tu.reul/i.beu.se.yo
外面很冷，請你穿上外套。

옷 衣服　**입다** 穿　**빨리** 快點　**나오다** 出來　**새** 新的
밖 外面　**춥다** 冷　**외투** 外套

옷을 벗다　o.seul/bo*t.da　脫衣服

例句

더러운 옷을 벗고 깨끗한 옷으로 갈아입었다.
do*.ro*.un/o.seul/bo*t.go/ge*.geu.tan/o.seu.ro/ga.ra.i.bo*t.da
脫掉髒衣服，換上了乾淨的衣服。

벗다 脫掉　**더럽다** 髒　**깨끗하다** 乾淨　**갈아입다** 換（衣服）

치마를 입다　chi.ma.reul/ip.da　穿裙子

例句

남자친구와 데이트하기 위해 치마를 입었어요.

nam.ja.chin.gu.wa/de.i.teu.ha.gi/wi.he*/chi.ma.reul/i.bo*.sso*.yo

為了和男朋友約會，穿了裙子。

치마 裙子　**남자친구** 男朋友　**데이트하다** 約會

바지를 벗다　ba.ji.reul/bo*t.da　脫褲子

例句

왜 바지를 벗죠?

we*/ba.ji.reul/bo*t.jjyo

你為什麼脫褲子？

바지 褲子　**왜** 為什麼

단추를 채우다　dan.chu.reul/che*.u.da　扣鈕扣

例句

단추를 다 채워 주세요.

dan.chu.reul/da/che*.wo/ju.se.yo

請幫我把鈕扣都扣上。

채우다 扣上、鎖上　**다** 都、全部

단추를 풀다　dan.chu.reul/pul.da　解開鈕扣

例句

날씨가 너무 더워서 단추를 풀고 싶다.

nal.ssi.ga/no*.mu/do*.wo.so*/dan.chu.reul/pul.go/sip.da

天氣太熱了，想把鈕扣解開。

풀다 解開　**날씨** 天氣　**너무** 太　**덥다** 熱

양말을 신다　yang.ma.reul/ssin.da　穿襪子

例句

여름에는 양말 신는 게 싫어요.

yo*.reu.me.neun/yang.mal/ssin.neun/ge/si.ro*.yo

我不喜歡夏天穿襪子。

나 오늘 양말 안 신었어요.

na/o.neul/yang.mal/an/si.no*.sso*.yo

我今天沒穿襪子。

양말 襪子　**신다** 穿　**여름** 夏天　**싫다** 討厭　**오늘** 今天

구두를 신다　gu.du.reul/ssin.da　穿皮鞋

例句

이 구두를 신어 보세요.

i/gu.du.reul/ssi.no*/bo.se.yo

請穿看看這雙皮鞋。

등산할 때 어떤 신발을 신는 게 좋을까요?

deung.san.hal/de*/o*.do*n/sin.ba.reul/ssin.neun/ge/jo.eul.ga.yo

爬山的時候，穿哪種鞋好呢？

구두 皮鞋　**이** 這　**등산하다** 登山、爬山　**어떤** 什麼樣的

신발 鞋子　**좋다** 好

신발끈을 묶다　sin.bal.geu.neul/muk.da　系鞋帶

例句

네 신발끈이 또 풀렸다. 빨리 묶어라.

ne/sin.bal.geu.ni/do/pul.lyo*t.da//bal.li/mu.go*.ra

你的鞋帶又鬆了，快點系好。

신발끈 鞋帶　**묶다** 綁、系　**또** 又　**풀리다** 解開、鬆　**빨리** 快點

옷을 입어보다　o.seul/i.bo*.bo.da　試穿衣服

例句

옷을 입어봐도 될까요?

o.seul/i.bo*.bwa.do/dwel.ga.yo

我可以試穿嗎？

한 번 입어보실래요?

han/bo*n/i.bo*.bo.sil.le*.yo

您要試穿看看嗎？

옷 衣服　**입어보다** 穿看看　**한 번** 一次

치수를 재다 chi.su.reul/jje*.da 量尺寸

例句

제 치수 좀 재어 주시겠습니까?
je/chi.su/jom/je*.o*/ju.si.get.sseum.ni.ga
可以幫我量看看我的尺寸嗎？

줄자를 이용하여 치수를 재어 주시면 됩니다.
jul.ja.reul/i.yong.ha.yo*/chi.su.reul/jje*.o*/ju.si.myo*n/dwem.ni.da
用皮尺量尺寸就可以了。

치수 尺寸 **재다** 測量 **제** 我的 **줄자** 皮尺 **이용하다** 利用

잘 어울리다 jal/o*.ul.li.da 適合、合適

例句

이 치마는 어때요? 나한테 어울려요?
i/chi.ma.neun/o*.de*.yo//na.han.te/o*.ul.lyo*.yo
這件裙子怎麼樣？適合我嗎？

두 분 정말 잘 어울리세요!
du/bun/jo*ng.mal/jjal/o*.ul.li.se.yo
兩位真的很配呢！

내가 보기에는 이런 스타일이 너한테 잘 어울려.
ne*.ga/bo.gi.e.neun/i.ro*n/seu.ta.i.ri/no*.han.te/jal/o*.ul.lyo*
以我看來，這種樣式很適合你。

검은색이 나한테 더 잘 어울리는 것 같아.

go*.meun.se*.gi/na.han.te/do*/jal/o*.ul.li.neun/go*t/ga.ta

黑色好像比較適合我。

잘 好好地　**어울리다** 適合　**치마** 裙子　**두분** 兩位　**정말** 真的

안 어울리다　an/o*.ul.li.da　不適合

例句

선글라스는 나한테 안 어울리는 것 같아요.

so*n.geul.la.seu.neun/na.han.te/an/o*.ul.li.neun/go*t/ga.ta.yo

太陽眼鏡好像不適合我。

나한테 안 어울리는 게 있겠어요?

na.han.te/an/o*.ul.li.neun/ge/it.ge.sso*.yo

哪有不適合我的東西！

안 不　**선글라스** 太陽眼鏡　**있다** 有

外型打扮

모자를 쓰다　mo.ja.reul/sseu.da　戴帽子

例句

언니가 모자를 즐겨 써요.
o*n.ni.ga/mo.ja.reul/jjeul.gyo*/sso*.yo
姊姊喜歡帶帽子。

저기 모자를 쓰고 있는 분이 누구예요?
jo*.gi/mo.ja.reul/sseu.go/in.neun/bu.ni/nu.gu.ye.yo
那裡戴帽子的人是誰？

모자 帽子　**쓰다** 戴　**언니** 姊姊　**즐기다** 熱愛、喜愛　**저기** 那裡
분 人、位　**누구** 誰

목도리를 하다　mok.do.ri.reul/ha.da　圍圍巾

例句

목도리를 해야 안 추워요.
mok.do.ri.reul/he*.ya/an/chu.wo.yo
圍圍巾才不會冷。

목도리 하면 체온이 얼마나 올라가요?
mok.do.ri/ha.myo*n/che.o.ni/o*l.ma.na/ol.la.ga.yo
圍圍巾的話，體溫會上升多少？

목도리 圍巾　**춥다** 冷　**체온** 體溫　**얼마나** 多少

올라가다 上去、上升

반지를 끼다 ban.ji.reul/gi.da 戴戒指

例句

프로포즈한 후 여자친구에게 반지를 끼워 줬다.

peu.ro.po.jeu.han/hu/yo*.ja.chin.gu.e.ge/ban.ji.reul/gi.wo/jwot.da

求婚後，為女朋友戴上了戒指。

끼다 夾、插、戴　프로포즈하다 求婚　여자친구 女朋友

장갑을 끼다 jang.ga.beul/gi.da 戴手套

例句

너무 추워서 가방에서 장갑을 꺼내 끼었다.

no*.mu/chu.wo.so*/ga.bang.e.so*/jang.ga.beul/go*.ne*/gi.o*t.da

太冷了，從包包裡拿出手套戴上了。

장갑 手套　너무 太、很　춥다 冷　가방 包包　꺼내다 拿出、掏出

시계를 차다 si.gye.reul/cha.da 戴手錶

例句

아버지도 나랑 똑같은 시계를 차고 계세요.

a.bo*.ji.do/na.rang/dok.ga.teun/si.gye.reul/cha.go/gye.se.yo

爸爸也戴和我一模一樣的手錶。

시계 手錶　차다 配戴　아버지 爸爸　똑같다 一樣

넥타이핀을 꽂다　nek.ta.i.pi.neul/got.da　別領帶夾

例句

그 날 남자가 넥타이핀을 꽂고 있었다.

geu/nal/nam.ja.ga/nek.ta.i.pi.neul/got.go/i.sso*t.da

那天，男子別著領帶夾。

넥타이핀 領帶夾　　**그 날** 那一天　　**남자** 男生

귀걸이를 하다　gwi.go*.ri.reul/ha.da　戴耳環

例句

여자들은 보통 귀걸이를 해요.

yo*.ja.deu.reun/bo.tong/gwi.go*.ri.reul/he*.yo

女生一般會戴耳環。

귀걸이를 하다가 염증이 생겨 아파요.

gwi.go*.ri.reul/ha.da.ga/yo*m.jeung.i/se*ng.gyo*/a.pa.yo

戴上耳環後發炎了，很痛。

귀걸이 耳環　　**여자** 女生　　**보통** 一般　　**염증** 發炎、炎症

생기다 產生、發生　　**아프다** 痛、不適

가발을 쓰다　ga.ba.reul/sseu.da　戴假髮

例句

요즘 멋을 내기 위해 가발을 쓰는 사람들이 많아요.

yo.jeum/mo*.seul/ne*.gi/wi.he*/ga.ba.reul/sseu.neun/sa.ram.deu.ri/
ma.na.yo

最近為了好看而戴假髮的人很多。

가발 假髮　**요즘** 最近　**멋** 風姿、美態　**내다** 展現、拿出　**많다** 多

머리핀을 꽂다　mo*.ri.pi.neul/got.da　夾髮夾

例句

예쁜 머리핀을 꽂았어요.

ye.beun/mo*.ri.pi.neul/go.ja.sso*.yo

夾了漂亮的髮夾。

머리핀 髮夾　**꽂다** 插、戴　**예쁘다** 漂亮

배지를 달다　be*.ji.reul/dal.da　別徽章

例句

동생이 옷에 배지를 달았다.

dong.se*ng.i/o.se/be*.ji.reul/da.rat.da

弟弟在衣服上別上了徽章。

배지 徽章　**달다** 掛、裝上　**동생** 弟弟、妹妹　**옷** 衣服

잘 생기다　jal/sse*ng.gi.da　長得帥、好看

例句

그 친구는 잘 생겼지만 성격이 나빠요.

geu/chin.gu.neun/jal/sse*ng.gyo*t.jji.man/so*ng.gyo*.gi/na.ba.yo

那位朋友雖長得很帥，但個性很差。

동건 오빠는 왜 이렇게 잘 생겼을까요?

dong.go*n/o.ba.neun/we*/i.ro*.ke/jal/sse*ng.gyo*.sseul.ga.yo

東健哥為什麼這麼帥呢？

잘 好好地	생기다 產生、長成	성격 個性	나쁘다 差、不好
오빠 哥哥	왜 為什麼	이렇게 這樣地	

키가 크다 ki.ga/keu.da 個子高

例句

저는 형보다 키가 커요.

jo*.neun/hyo*ng.bo.da/ki.ga/ko*.yo

我比哥哥還高。

왜 여자들은 키 큰 남자를 좋아할까?

we*/yo*.ja.deu.reun/ki/keun/nam.ja.reul/jjo.a.hal.ga

為什麼女生都喜歡個子高的男生呢？

키 身高	크다 大	형 哥哥	왜 為什麼	여자 女生
남자 男生	좋아하다 喜歡			

나이가 많다 na.i.ga/man.ta 年紀大

例句

아내는 나보다 나이가 많아요.

a.ne*.neun/na.bo.da/na.i.ga/ma.na.yo

妻子年紀比我還大。

여자가 나이 많으면 결혼하기 힘들까요?

yo*.ja.ga/na.i/ma.neu.myo*n/gyo*l.hon.ha.gi/him.deul.ga.yo

女生年紀大的話，很難結婚嗎？

나이 年紀、年齡　**아내** 妻子　**많다** 多　**결혼하다** 結婚
힘들다 辛苦、吃力

지팡이를 짚다　ji.pang.i.reul/jjip.da　拄拐杖

例句

할머니가 지팡이를 짚고 천천히 걸어오세요.

hal.mo*.ni.ga/ji.pang.i.reul/jjip.go/cho*n.cho*n.hi/go*.ro*.o.se.yo

老奶奶拄著枴杖慢慢地走過來。

지팡이 拐杖　**짚다** 扶、拄　**할머니** 奶奶　**천천히** 慢慢地
걸어오다 走來

眼鏡

안경을 쓰다　an.gyo*ng.eul/sseu.da　戴眼鏡

例句

나는 초등학교 때부터 안경을 쓰기 시작했다.

na.neun/cho.deung.hak.gyo/de*.bu.to*/an.gyo*ng.eul/sseu.gi/

si.ja.ke*t.da

我從小學的時候就開始戴眼鏡。

안경 眼鏡　**쓰다** 戴　**초등학교** 小學　**시작하다** 開始

렌즈를 끼다　ren.jeu.reul/gi.da　戴隱形眼鏡

例句

렌즈를 끼면 눈이 충혈 됩니다.

ren.jeu.reul/gi.myo*n/nu.ni/chung.hyo*l/dwem.ni.da

如果戴隱形眼鏡，眼睛會充血。

나는 가끔 미용 렌즈를 껴요.

na.neun/ga.geum/mi.yong/ren.jeu.reul/gyo*.yo

我偶爾會帶放大片。

렌즈 鏡片　**충혈** 充血　**가끔** 偶爾　**미용** 美容

선글라스를 끼다　so*n.geul.la.seu.reul/gi.da
戴太陽眼鏡

例句

여름에 저는 항상 선글라스를 끼고 다녀요.

yo*.reu.me/jo*.neun/hang.sang/so*n.geul.la.seu.reul/gi.go/da.nyo*.yo

夏天我經常會戴太陽眼鏡。

선글라스 太陽眼鏡　　**여름** 夏天　　**항상** 經常　　**다니다** 來來往往

도수가 맞다　do.su.ga/mat.da　度數符合

例句

안경을 새로 샀는데 도수가 안 맞아요.

an.gyo*ng.eul/sse*.ro/san.neun.de/do.su.ga/an/ma.ja.yo

我新買了眼鏡，可是度數不合。

도수 度數　　**맞다** 符合　　**안경** 眼鏡　　**새로** 新地　　**사다** 買

家事

설거지를 하다　so*l.go*.ji.reul/ha.da　洗碗

例句

식사 후에 엄마를 도와 설거지를 했어요.

sik.ssa/hu.e/o*m.ma.reul/do.wa/so*l.go*.ji.reul/he*.sso*.yo

用餐後，幫媽媽洗了碗。

설거지는 누가 하나요?

so*l.go*.ji.neun/nu.ga/ha.na.yo

誰來洗碗？

설거지 洗碗　**식사** 用餐　**엄마** 媽媽　**돕다** 幫忙　**누구** 誰

쓰레기를 버리다　sseu.re.gi.reul/bo*.ri.da　丟垃圾

例句

함부로 쓰레기를 버리지 마세요.

ham.bu.ro/sseu.re.gi.reul/bo*.ri.ji/ma.se.yo

請勿隨意亂丟垃圾。

쓰레기 垃圾　**버리다** 丟棄　**함부로** 隨意、隨便

휴지통에 버리다　hyu.ji.tong.e/bo*.ri.da　丟在垃圾桶

例句

미술에 대한 고정관념을 휴지통에 버려라.

mi.su.re/de*.han/go.jo*ng.gwan.nyo*.meul/hyu.ji.tong.e/bo*.ryo*.ra

把對美術的刻板觀念丟到垃圾桶吧！

이건 필요하지 않으면 휴지통에 버려요.

i.go*n/pi.ryo.ha.ji/a.neu.myo*n/hyu.ji.tong.e/bo*.ryo*.yo

如果不需要這個，就丟到垃圾桶裡。

휴지통 垃圾桶　**버리다** 丟棄　**미술** 美術　**고정관념** 顧定觀念
필요하다 需要

창문을 열다　chang.mu.neul/yo*l.da　開窗戶

例句

창문을 열지 마십시오.

chang.mu.neul/yo*l.ji/ma.sip.ssi.o

請不要開窗戶。

창문을 여니 시원한 바람이 불어와요.

chang.mu.neul/yo*.ni/si.won.han/ba.ra.mi/bu.ro*.wa.yo

打開窗戶後，涼爽的風吹了進來。

창문 窗戶　**열다** 打開　**시원하다** 涼爽　**바람** 風　**불다** 吹

裁縫、服飾修補

단추가 떨어지다　dan.chu.ga/do*.ro*.ji.da　鈕扣掉了

例句

옷에서 단추가 떨어졌어요.

o.se.so*/dan.chu.ga/do*.ro*.jo*.sso*.yo

鈕扣從衣服上掉下來了。

떨어지다 掉落　　**옷** 衣服

단추를 달다　dan.chu.reul/dal.da　縫上鈕扣

例句

모자에 단추를 달았어요.

mo.ja.e/dan.chu.reul/da.ra.sso*.yo

在帽子上縫上了鈕扣。

단추 鈕扣　　**달다** 掛、裝上　　**모자** 帽子

옷을 수선하다　o.seul/ssu.so*n.ha.da　修改衣服

例句

엄마가 내 바지를 수선해 주셨어요.

o*m.ma.ga/ne*/ba.ji.reul/ssu.so*n.he*/ju.syo*.sso*.yo

媽媽幫我修改了我的褲子。

옷을 어떻게 수선해 드릴까요?

o.seul/o*.do*.ke/su.so*n.he*/deu.ril.ga.yo

衣服要怎麼幫您修改呢？

| 수선하다 | 修改 | 엄마 | 媽媽 | 내 | 我的 |

주름을 펴다　ju.reu.meul/pyo*.da　燙平皺摺

例句

옷 주름을 펼 때 주의해야 할 점이 있나요?

ot/ju.reu.meul/pyo*l/de*/ju.ui.he*.hya/hal/jjo*.mi/in.na.yo

燙衣服皺痕時，有必須注意的事項嗎？

| 주름 | 皺痕、皺褶 | 펴다 | 燙平、打開 | 옷 | 衣服 | 주의하다 | 注意 |
| 점 | 點 |

보푸라기를 제거하다　bo.pu.ra.gi.reul/jje.go*.ha.da 去除毛球

例句

인터넷 검색을 통해 보푸라기를 제거하는 법을 알았다.

in.to*.net/go*m.se*.geul/tong.he*/bo.pu.ra.gi.reul/jje.go*.ha.neun/
bo*.beul/a.rat.da

藉由網路蒐尋，我知道了去除毛球的方法。

| 보푸라기 | 毛球 | 제거하다 | 去除 | 인터넷 | 網路 | 검색 | 檢索、蒐尋 |
| 법 | 方法 | 알다 | 知道 |

故障、修理

고장이 나다　go.jang.i/na.da　故障、壞掉

例句

새로 산 핸드폰이 고장났어요.

se*.ro/san/he*n.deu.po.ni/go.jang.na.sso*.yo

新買的手機壞掉了。

형이 고장이 난 컴퓨터를 수리했어요.

hyo*ng.i/go.jang.i/nan/ko*m.pyu.to*.reul/ssu.ri.he*.sso*.yo

哥哥修理了故障的電腦。

고장 故障　**나다** 產生、發生　**새로** 新地　**형** 哥哥　**컴퓨터** 電腦
수리하다 修理

배터리가 나가다　be*.to*.ri.ga/na.ga.da　沒電

例句

노트북 배터리가 나간 것 같아요.

no.teu.buk/be*.to*.ri.ga/na.gan/go*t/ga.ta.yo

筆電的電池好像沒電了。

배터리 電池　**나가다** 出去　**노트북** 筆記型電腦

시계가 멈추다　si.gye.ga/mo*m.chu.da　時鐘停止

例句

몇 달 전 시계가 다시 멈췄습니다.

myo*t/dal/jjo*n/si.gye.ga/da.si/mo*m.chwot.sseum.ni.da

幾個月前，時鐘又停了。

시계가 가다가 멈췄다.

si.gye.ga/ga.da.ga/mo*m.chwot.da

時鐘走一走就停了。

시계 時鐘　멈추다 停止　몇 달 幾個月　다시 再次

못을 박다　mo.seul/bak.da　釘鐵釘

例句

쇠망치로 벽에 못을 박았다.

swe.mang.chi.ro/byo*.ge/mo.seul/ba.gat.da

用鐵鎚把釘子釘在牆壁上。

못을 박다가 손을 다쳐 본 적 있으세요?

mo.seul/bak.da.ga/so.neul/da.cho*/bon/jo*k/i.sseu.se.yo

你曾經釘釘子的時候弄傷手嗎？

못 釘子　박다 釘上、固定上　쇠망치 鐵鎚　벽 牆壁　손 手

다치다 受傷

구멍을 뚫다　gu.mo*ng.eul/dul.ta　鑽洞

例句

송곳으로 가방에 구멍을 뚫어 봤어요.

song.go.seu.ro/ga.bang.e/gu.mo*ng.eul/du.ro*/bwa.sso*.yo

我試著用錐子在包包上鑽洞。

귀에 구멍을 뚫고 싶어요.

gwi.e/gu.mo*ng.eul/dul.ko/si.po*.yo

我想打耳洞。

구멍 洞　뚫다 穿、鑽　송곳 錐子　가방 包包　귀 耳朵

나사를 죄다　na.sa.reul/jjwe.da　鎖螺絲

例句

나사를 단단히 죄어 주세요.

na.sa.reul/dan.dan.hi/jwe.o*/ju.se.yo

請把螺絲鎖緊。

나사 螺絲　죄다 鎖緊、扣緊　단단히 牢固、結實

밧줄로 묶다　bat.jjul.lo/muk.da　用麻繩綁

例句

밧줄로 책들을 묶어 주십시오.

bat.jjul.lo/che*k.deu.reul/mu.go*/ju.sip.ssi.o

請用繩子把書本綁好。

밧줄로 범인의 손을 묶어라.

bat.jjul.lo/bo*.mi.nui/so.neul/mu.go*.ra

用繩子綁犯人的手。

밧줄 麻繩　묶다 綑綁　범인 犯人　손 手

페인트를 칠하다　pe.in.teu.reul/chil.ha.da　刷油漆

例句

페인트를 칠할 때 페인트가 옷에 묻었어요.

pe.in.teu.reul/chil.hal/de*/pe.in.teu.ga/o.se/mu.do*.sso*.yo

刷油漆時，油漆沾到衣服上了。

제가 직접 페인트를 칠해 보려고 해요.

je.ga/jik.jjo*p/pe.in.teu.reul/chil.he*/bo.ryo*.go/he*.yo

我打算親自來刷油漆。

페인트 油漆　칠하다 上漆、塗抹　옷 衣服　묻다 沾染

직접 直接、親自

美髮廳

머리를 다듬다　mo*.ri.reul/da.deum.da　修整頭髮

例句

머리 끝만 다듬어 주세요.

mo*.ri/geun.man/da.deu.mo*/ju.se.yo

幫我修髮尾就好。

머리를 기를 건데 다듬어만 주세요.

mo*.ri.reul/gi.reul/go*n.de/da.deu.mo*.man/ju.se.yo

我要留頭髮，幫我修一下就好。

다듬다 修整　끝 尾端　만 只　기르다 飼養、留

머리를 빗다　mo*.ri.reul/bit.da　梳頭

例句

남자친구가 머리를 빗어 줬어요.

nam.ja.chin.gu.ga/mo*.ri.reul/bi.so*/jwo.sso*.yo

男朋友幫我梳了頭髮。

여자가 머리를 빗으면서 말했다.

yo*.ja.ga/mo*.ri.reul/bi.seu.myo*n.so*/mal.he*t.da

女子邊梳頭髮邊說了。

남자친구 男朋友　빗다 梳（髮）　여자 女生　말하다 說話

머리를 말리다　mo*.ri.reul/mal.li.da　吹乾頭髮

例句

헤어 드라이어로 머리를 말립니다.

he.o*/deu.ra.i.o*.ro/mo*.ri.reul/mal.lim.ni.da

用吹風機吹乾頭髮。

말리다 弄乾、吹乾　　**헤어** 頭髮　　**드라이어** 吹風機

파마를 하다　pa.ma.reul/ha.da　燙頭髮

例句

파마 하고 싶어요.

pa.ma/ha.go/si.po*.yo

我想燙髮。

머리 스타일을 바꾸고 싶어서 파마를 했어요.

mo*.ri/seu.ta.i.reul/ba.gu.go/si.po*.so*/pa.ma.reul/he*.sso*.yo

因為想換髮型，所以燙了頭髮。

파마를 하시는 게 어떠세요?

pa.ma.reul/ha.si.neun/ge/o*.do*.se.yo

您要不要考慮燙髮？

파마하다 燙髮　　**머리스타일** 髮型　　**바꾸다** 改變、更換

머리를 자르다　mo*.ri.reul/jja.reu.da　剪頭髮

例句

머리를 짧게 잘라 주세요.

mo*.ri.reul/jjap.ge/jal.la/ju.se.yo

請幫我把頭髮剪短。

머리를 너무 짧게 자르지 마세요.

mo*.ri.reul/no*.mu/jjap.ge/ja.reu.ji/ma.se.yo

請不要把頭髮剪得太短。

머리 頭、頭髮　**짧다** 短　**너무** 太、非常　**자르다** 剪

머리를 깎다　mo*.ri.reul/gak.da　剪頭髮

例句

머리 아주 짧게 깎아 주세요.

mo*.ri/a.ju/jjap.ge/ga.ga/ju.se.yo

請幫我把頭髮剪短一點。

너무 더워서 머리를 깎았다.

no*.mu/do*.wo.so*/mo*.ri.reul/ga.gat.da

太熱了，所以剪了頭髮。

깎다 剪、削、剔　**아주** 很、太　**덥다** 熱

머리를 염색하다　mo*.ri.reul/yo*m.se*.ka.da　染頭髮

例句

염색하시겠어요?

yo*m.se*.ka.si.ge.sso*.yo

您要染髮嗎？

머리를 갈색으로 염색하고 싶어요.

mo*.ri.reul/gal.sse*.geu.ro/yo*m.se*.ka.go/si.po*.yo

我想把頭髮染成褐色。

어제 머리도 자르고 염색도 했습니다.

o*.je/mo*.ri.do/ja.reu.go/yo*m.se*k.do/he*t.sseum.ni.da

昨天我剪了頭髮，也染了頭髮。

머리 頭、頭髮　**염색하다** 染色　**갈색** 褐色　**자르다** 剪

가르마를 타다　ga.reu.ma.reul/ta.da　分髮線

例句

가르마를 어느 쪽으로 타세요?

ga.reu.ma.reul/o*.neu/jjo.geu.ro/ta.se.yo

您的髮線分哪一邊呢？

저는 가운데 가르마를 타요.

jo*.neun/ga.un.de/ga.reu.ma.reul/ta.yo

我分中間的髮線。

어느 쪽 哪一邊　**가운데** 中間

銀行

계좌를 만들다　gye.jwa.reul/man.deul.da　開設帳戶

例句

계좌를 만들고 싶습니다.
gye.jwa.reul/man.deul.go/sip.sseum.ni.da
我想開戶。

계좌 만들려면 뭐 필요해요?
gye.jwa/man.deul.lyo*.myo*n/mwo/pi.ryo.he*.yo
開戶需要什麼東西呢？

계좌　帳戶　　만들다　製作　　뭐　什麼

계좌를 개설하다　gye.jwa.reul/ge*.so*l.ha.da　開設帳戶

例句

유학을 가면 우선 해야 할 일은 은행 계좌 개설하는 거예요.
yu.ha.geul/ga.myo*n/u.so*n/he*.ya/hal/i.reun/eun.he*ng/gye.jwa/
ge*.so*l.ha.neun/go*.ye.yo
如果去留學，首先要做的事情就是開設銀行帳戶。

계좌를 개설하시려면 여권하고 재학증명서가 필요해요.
gye.jwa.reul/ge*.so*l.ha.si.ryo*.myo*n/yo*.gwon.ha.go/je*.hak.jjeung.
myo*ng.so*.ga/pi.ryo.he*.yo
想開戶的話，需要護照和在學證明。

| 계좌 | 帳戶 | 개설하다 | 開辦、開設 | 유학 | 留學 | 우선 | 首先 |
| 은행 | 銀行 | 여권 | 護照 | 재학 | 在學 | 증명서 | 證明書 |

돈을 찾다　do.neul/chat.da　領錢

例句

돈을 찾으러 은행에 갔어요.
do.neul/cha.jeu.ro*/eun.he*ng.e/ga.sso*.yo
去銀行領錢。

돈을 좀 찾으려고 합니다.
do.neul/jjom/cha.jeu.ryo*.go/ham.ni.da
我要領錢。

| 돈 | 錢 | 찾다 | 找、找尋 | 은행 | 銀行 | 가다 | 去、往 |

돈을 모으다　do.neul/mo.eu.da　湊錢、籌措資金

例句

돈을 모으려면 저축하세요.
do.neul/mo.eu.ryo*.myo*n/jo*.chu.ka.se.yo
想湊錢，請先儲蓄。

절약은 돈을 모으는데 필요한 조건입니다.
jo*.rya.geun/do.neul/mo.eu.neun.de/pi.ryo.han/jo.go*.nim.ni.da
節約是籌資必要的條件。

돈 錢　모으다 收集　저축하다 儲蓄　절약 節約　필요하다 需要
조건 條件

돈을 빌리다　do.neul/bil.li.da　借錢

例句

내가 돈을 빌려 줄게요.
ne*.ga/do.neul/bil.lyo*/jul.ge.yo
我借你錢。

돈 좀 빌려 줄 수 있어요?
don/jom/bil.lyo*/jul.su/i.sso*.yo
可以借我一點錢嗎？

사전 좀 빌려도 돼요?
sa.jo*n/jom/bil.lyo*.do/dwe*.yo
可以借我字典嗎？

친구한테 돈을 빌려 줬어요.
chin.gu.han.te/do.neul/bil.lyo*/jwo.sso*.yo
我借錢給朋友了。

빌리다 借　사전 字典　친구 朋友　좀 稍微、一點

빚을 갚다　bi.jeul/gap.da　償還債務

例句

얼른 빚부터 갚으세요.

o*l.leun/bit.bu.to*/ga.peu.se.yo

請趕快還清債務。

소득이 있어야 빚을 갚을 수 있다.

so.deu.gi/i.sso*.ya/bi.jeul/ga.peul/ssu/it.da

必須要有所得才可以還債。

빚 債務　갚다 償還　얼른 趕快、快點　소득 所得

수표를 끊다　su.pyo.reul/geun.ta　開立支票

例句

150만 원짜리 수표로 끊어 주세요.

be*.go.sim.man/won.jja.ri/su.pyo.ro/geu.no*/ju.se.yo

請幫我開150萬韓圜的支票。

수표를 끊을 때 금액을 잘못 기입했다.

su.pyo.reul/geu.neul/de*/geu.me*.geul/jjal.mot/gi.i.pe*t.da

我開支票的時候，寫錯金額了。

수표 支票　만 萬　원 韓圜　금액 金額　잘못 錯誤地
기입하다 記載、寫入

돈을 바꾸다　do.neul/ba.gu.da　換錢

例句

돈 좀 바꿔 주세요.

don/jom/ba.gwo/ju.se.yo
請幫我換錢。

얼마를 바꿔 드릴까요?

o*l.ma.reul/ba.gwo/deu.ril.ga.yo
您要換多少？

100달러를 한국 돈으로 바꿔 주세요.

be*k.dal.lo*.reul/han.guk/do.neu.ro/ba.gwo/ju.se.yo
請把100美金換成韓幣。

여기서 달러를 바꿀 수 있습니까?

yo*.gi.so*/dal.lo*.reul/ba.gul/su/it.sseum.ni.ga
這裡可以兌換美元嗎？

돈 錢　　**바꾸다** 交換、更換　　**달러** 美金　　**한국** 韓國

郵局

편지를 쓰다　pyo*n.ji.reul/sseu.da　寫信

例句

남자친구에게 편지를 쓰고 싶어요.
nam.ja.chin.gu.e.ge/pyo*n.ji.reul/sseu.go/si.po*.yo
我想寫信給男朋友。

제가 한국 친구에게 생일 축하 편지를 쓸 거예요.
je.ga/han.guk/chin.gu.e.ge/se*ng.il/chu.ka/pyo*n.ji.reul/sseul/
go*.ye.yo
我要寫生日賀卡給韓國朋友。

쓰다 寫　**남자친구** 男朋友　**한국** 韓國　**생일** 生日　**축하** 祝賀

편지를 부치다　pyo*n.ji.reul/bu.chi.da　寄信

例句

밤새 쓴 편지를 부치러 우체국에 갑니다.
bam.se*/sseun/pyo*n.ji.reul/bu.chi.ro*/u.che.gu.ge/gam.ni.da
去郵局寄熬夜寫的信。

이 편지를 대만으로 부치고 싶은데요.
i/pyo*n.ji.reul/de*.ma.neu.ro/bu.chi.go/si.peun.de.yo
我想把這封信寄到台灣。

편지 信　**부치다** 寄　**밤새다** 通宵、熬夜　**쓰다** 寫　**우체국** 郵局

편지를 보내다 pyo*n.ji.reul/bo.ne*.da   寄信

例句

친구한테 편지를 보냈는데 아직 답장은 못 받았어요.

chin.gu.han.te/pyo*n.ji.reul/bo.ne*n.neun.de/a.jik/dap.jjang.eun/mot/
ba.da.sso*.yo

我寄信給朋友了，可是還沒收到回信。

이것은 민정이에게 보내는 편지예요.

i.go*.seun/min.jo*ng.i.e.ge/bo.ne*.neun/pyo*n.ji.ye.yo

這個是要寄給敏靜的信。

편지 信   친구 朋友   답장 回信、回覆   이것 這個

우표를 붙이다 u.pyo.reul/bu.chi.da   貼郵票

例句

엽서에 우표 몇 장을 붙여야 하나요?

yo*p.sso*.e/u.pyo/myo*t/jang.eul/bu.tyo*.ya/ha.na.yo

要在明信片上貼幾張郵票呢？

여기에 얼마 짜리의 우표를 붙여야 돼요?

yo*.gi.e/o*l.ma/jja.ri.ui/u.pyo.reul/bu.tyo*.ya/dwe*.yo

這裡要貼多少錢的郵票呢？

交通工具

차표를 끊다　cha.pyo.reul/geun.ta　買車票

例句

저는 차표 끊을 돈이 없어요.

jo*.neun/cha.pyo/geu.neul/do.ni/o*p.sso*.yo

我沒有買車票的錢。

남자친구가 차표를 끊으러 매표소에 갔어요.

nam.ja.chin.gu.ga/cha.pyo.reul/geu.neu.ro*/me*.pyo.so.e/ga.sso*.yo

男朋友去賣票所賣車票了。

차표 車票　**돈** 錢　**매표소** 賣票所

차를 타다　cha.reul/ta.da　搭車

例句

차를 안전하게 타요.

cha.reul/an.jo*n.ha.ge/ta.yo

請安全搭車。

버스를 잘못 타셨어요.

bo*.seu.reul/jjal.mot/ta.syo*.sso*.yo

您搭錯公車了。

타다 搭乘　**안전하다** 安全　**버스** 公車　**잘못** 錯誤

차에서 내리다　cha.e.so*/ne*.ri.da　下車

例句

열차에 우산을 놓고 내렸어요.

yo*l.cha.e/u.sa.neul/no.ko/ne*.ryo*.sso*.yo

把雨傘忘在列車上了。

기차역 앞에서 내려 주세요.

gi.cha.yo*k/a.pe.so*/ne*.ryo*/ju.se.yo

請讓我在火車站前面下車。

차 車　　內리다 下車、降下　　열차 列車　　놓다 放置　　기차역 火車站
앞 前面

지하철을 타다　ji.ha.cho*.reul/ta.da　搭地鐵

例句

길이 복잡하니까 지하철을 타고 갑시다.

gi.ri/bok.jja.pa.ni.ga/ji.ha.cho*.reul/ta.go/gap.ssi.da

路很複雜，我們搭地鐵去吧。

친구가 지하철을 타러 갔어요.

chin.gu.ga/ji.ha.cho*.reul/ta.ro*/ga.sso*.yo

朋友去搭地鐵了。

지하철 地鐵　　타다 搭乘　　길 路　　복잡하다 複雜　　친구 朋友

버스를 타다　bo*.seu.reul/ta.da　搭公車

例句

버스 타는 곳은 어디입니까?

bo*.seu/ta.neun/go.seun/o*.di.im.ni.ga

搭公車的地方在哪裡？

이태원에 가는 버스는 어디서 타면 됩니까?

i.te*.wo.ne/ga.neun/bo*.seu.neun/o*.di.so*/ta.myo*n/dwem.ni.ga

往梨泰院的公車在哪裡搭？

버스 公車　　어디 哪裡　　가다 去、往

택시를 타다　te*k.ssi.reul/ta.da　搭計程車

例句

시간이 없거나 짐이 무거울 때 항상 택시를 탑니다.

si.ga.ni/o*p.go*.na/ji.mi/mu.go*.ul/de*/hang.sang/te*k.ssi.reul/
tam.ni.da

我沒有時間或行李很重的時候經常會搭計程車。

술을 먹으면 택시 타고 집에 돌아가요.

su.reul/mo*.geu.myo*n/te*k.ssi/ta.go/ji.be/do.ra.ga.yo

我如果有喝酒，就會搭計程車回家。

택시 計程車　　시간 時間　　없다 沒有　　무겁다 重　　항상 經常
돌아가다 回去

N으로 갈아타다 eu.ro/ga.ra.ta.da 換車

例句

저 어느 버스로 갈아타야 돼요?
jo*/o*.neu/bo*.seu.ro/ga.ra.ta.ya/dwe*.yo
我應該轉搭哪一班公車呢？

시청역에서 1호선으로 갈아타세요.
si.cho*ng.yo*.ge.so*/il.ho.so*.neu.ro/ga.ra.ta.se.yo
請您在市政府站換搭一號線。

갈아타다 換車   어느 哪一個   시청역 市政府站   호선 號線

버스를 기다리다 bo*.seu.reul/gi.da.ri.da 等公車

例句

버스를 기다리면서 남자친구와 통화해요.
bo*.seu.reul/gi.da.ri.myo*n.so*/nam.ja.chin.gu.wa/tong.hwa.he*.yo
我一邊等公車一邊和男朋友通電話。

저는 버스를 기다릴 때 보통 담배를 피워요.
jo*.neun/bo*.seu.reul/gi.da.ril/de*/bo.tong/dam.be*.reul/pi.wo.yo
我等公車的時候，一般會抽菸。

기다리다 等待   통화하다 講電話   보통 一般、普通   담배 香菸

피우다 抽（菸）

줄을 서다　ju.reul/sso*.da　排隊

例句

우리는 버스 정류장에서 줄을 서서 버스를 기다려요.

u.ri.neun/bo*.seu/jo*ng.nyu.jang.e.so*/ju.reul/sso*.so*/bo*.seu.reul/
gi.da.ryo*.yo

我們在公車站排隊等公車。

그 식당에 들어가려면 저렇게 줄을 서야 됩니다.

geu/sik.dang.e/deu.ro*.ga.ryo*.myo*n/jo*.ro*.ke/ju.reul/sso*.ya/
dwem.ni.da

想進去那家餐館，必須像那樣排隊才行。

줄 繩子、行列　**서다** 站　**버스정류장** 公車站　**버스** 公車
기다리다 等待　**식당** 餐館　**들어가다** 進去　**저렇게** 那樣地

자전거를 타다　ja.jo*n.go*.reul/ta.da　騎腳踏車

例句

운동을 위해 자전거를 타기 시작했다.

un.dong.eul/wi.he*/ja.jo*n.go*.reul/ta.gi/si.ja.ke*t.da

為了運動，我開始騎腳踏車了。

자전거를 타고 친구 집에 가요.

ja.jo*n.go*.reul/ta.go/chin.gu/ji.be/ga.yo

騎腳踏車去朋友家。

자전거 腳踏車　**운동** 運動　**시작하다** 開始　**친구** 朋友

오토바이를 타다　o.to.ba.i.reul/ta.da　騎機車

例句

오토바이를 탈 줄 알아요?

o.to.ba.i.reul/tal/jjul/a.ra.yo

你會騎機車嗎？

한국은 오토바이를 타는 사람이 많지 않습니다.

han.gu.geun/o.to.ba.i.reul/ta.neun/sa.ra.mi/man.chi/an.sseum.ni.da

韓國騎機車的人不多。

남동생이 오토바이를 타고 다니는 것을 좋아합니다.

nam.dong.se*ng.i/o.to.ba.i.reul/ta.go/da.ni.neun/go*.seul/
jjo.a.ham.ni.da

弟弟喜歡騎機車到處跑。

| 오토바이 | 摩托車 | 한국 | 韓國 | 사람 | 人 | 남동생 | 弟弟 |

좋아하다　喜歡

배를 타다　be*.reul/ta.da　搭船

例句

멀미약은 반드시 배를 타기 전에 복용해야 해요.

mo*l.mi.ya.geun/ban.deu.si/be*.reul/ta.gi/jo*.ne/bo.gyong.he*.ya/
he*.yo

暈車藥一定要在搭船之前服用。

배를 타려고 하는데 어디서 배를 탈 수 있나요?

be*.reul/ta.ryo*.go/ha.neun.de/o*.di.so*/be*.reul/tal/ssu/in.na.yo

我想搭船，請問哪裡可以搭呢？

배 船　멀미약 暈車藥　반드시 一定　복용하다 服用

비행기를 타다　bi.he*ng.gi.reul/ta.da　搭飛機

例句

비행기를 타 본 적이 없어요.

bi.he*ng.gi.reul/ta/bon/jo*.gi/o*p.sso*.yo

我沒搭過飛機。

아이들과 같이 비행기를 타고 제주도에 갔어요.

a.i.deul.gwa/ga.chi/bi.he*ng.gi.reul/ta.go/je.ju.do.e/ga.sso*.yo

和孩子們一起搭飛機去了濟州島。

나는 비행기를 타면 창가에 앉는 것을 좋아해요.

na.neun/bi.he*ng.gi.reul/ta.myo*n/chang.ga.e/an.neun/go*.seul/
jjo.a.he*.yo

我如果搭飛機，喜歡坐在窗邊。

비행기 飛機　아이 小孩、孩子　제주도 濟州島　창가 窗邊
좋아하다 喜歡

開車

운전을 하다 un.jo*.neul/ha.da 開車

例句

오늘은 누가 운전을 해?
o.neu.reun/nu.ga/un.jo*.neul/he*
今天誰來開車？

운전을 할 때 전화를 하지 마세요.
un.jo*.neul/hal/de*/jo*n.hwa.reul/ha.ji/ma.se.yo
開車的時候，請勿講電話。

저는 운전을 할 수 없어요.
jo*.neun/un.jo*.neul/hal/ssu/o*p.sso*.yo
我不能開車。

운전 開車　누구 誰　전화하다 打電話

안전벨트를 매다 an.jo*n.bel.teu.reul/me*.da 繋安全帶

例句

택시를 탈 때에도 꼭 안전벨트를 매야 합니다.
te*k.ssi.reul/tal/de*.e.do/gok/an.jo*n.bel.teu.reul/me*.ya/ham.ni.da
搭計程車的時候也一定要繫安全帶。

안전벨트를 풀어 주세요.

an.jo*n.bel.teu.reul/pu.ro*/ju.se.yo

請幫我解開安全帶。

| 안전벨트 | 安全帶 | 매다 | 系、綁 | 택시 | 計程車 | 풀다 | 解開 |

운전면허를 따다　un.jo*n.myo*n.ho*.reul/da.da
取得駕照

例句

친구가 운전면허를 따서 매우 기쁩니다.

chin.gu.ga/un.jo*n.myo*n.ho*.reul/da.so*/me*.u/gi.beum.ni.da

朋友考到駕照很高興。

운전면허를 따려고 하는데 운전 연습할 시간이 없었다.

un.jo*n.myo*n.ho*.reul/da.ryo*.go/ha.neun.de/un.jo*n/yo*n.seu.pal/

ssi.ga.ni/o*p.sso*t.da

想要考駕照，但是沒有練習開車的時間。

| 운전면허 | 駕照 | 따다 | 取得 | 매우 | 很、非常 | 기쁘다 | 高興 |
| 연습하다 | 練習 | 시간 | 時間 | 없다 | 沒有 |

지름길로 가다　ji.reum.gil.lo/ga.da　走捷徑

例句

지름길로 가 주세요.

ji.reum.gil.lo/ga/ju.se.yo

請走捷徑。

지름길로 가려면 고속도로를 이용해야 합니다.

ji.reum.gil.lo/ga.ryo*.myo*n/go.sok.do.ro.reul/i.yong.he*.ya/ham.ni.da

想走捷徑的話，必須走高速公路。

지름길 捷徑　　**고속도로** 高速公路　　**이용하다** 利用

N 에서 세우다　e.so*/se.u.da　在…停車

例句

여기서 세워 주세요.

yo*.gi.so*/se.wo/ju.se.yo

請在這裡停車。

편의점 앞에서 세워 주시면 됩니다.

pyo*.nui.jo*m/a.pe.so*/se.wo/ju.si.myo*n/dwem.ni.da

您在便利商店前面停車就可以了。

세우다 停車　　**여기** 這裡　　**편의점** 便利商店　　**앞** 前面

짐을 싣다　ji.meul/ssil.da　載行李

例句

짐 좀 실어 주세요.

jim/jom/si.ro*/ju.se.yo

請幫我載行李。

트럭에 많은 짐을 실었어요.

teu.ro*.ge/ma.neun/ji.meul/ssi.ro*.sso*.yo

卡車上載了很多行李。

짐 行李　**실다** 載　**트럭** 卡車、貨車　**많다** 多

차선을 바꾸다　cha.so*.neul/ba.gu.da　更換車道

例句

빠른 속도로 갑자기 차선을 바꾸면 매우 위험해요.

ba.reun/sok.do.ro/gap.jja.gi/cha.so*.neul/ba.gu.myo*n/me*.u/
wi.ho*m.he*.yo

如果以很快的速度突然更換車道的話，會很危險。

차선 바꾸는 게 너무 무섭습니다.

cha.so*n/ba.gu.neun/ge/no*.mu/mu.so*p.sseum.ni.da

更換車道很恐怖。

차선 車道　**바꾸다** 更換、改變　**빠르다** 快　**속도** 速度
갑자기 突然　**위험하다** 危險　**무섭다** 可怕、恐怖

교통사고를 당하다　gyo.tong.sa.go.reul/dang.ha.da
出車禍

例句

오늘 집에서 나오자마자 교통사고를 당했어요.

o.neul/jji.be.so*/na.o.ja.ma.ja/gyo.tong.sa.go.reul/dang.he*.sso*.yo

今天一從家裡出來，就出車禍了。

교통사고를 당하면 어떻게 해야 합니까?

gyo.tong.sa.go.reul/dang.ha.myo*n/o*.do*.ke/he*.ya/ham.ni.ga

如果出車禍，應該怎麼辦？

| 교통사고 | 交通事故 | 집 | 家 | 나오다 | 出來 |

브레이크를 밟다　beu.re.i.keu.reul/bap.da　踩煞車

例句

브레이크 밟는 요령을 미리 알아야 합니다.

beu.re.i.keu/bap.neun/yo.ryo*ng.eul/mi.ri/a.ra.ya/ham.ni.da

必須事先知道踩煞車的要領。

| 브레이크 | 煞車 | 밟다 | 踩、踏 | 요령 | 要領 | 미리 | 事先、預先 |
| 알다 | 知道 |

핸들을 잡다　he*n.deu.reul/jjap.da　握方向盤

例句

먼저 운전석에 앉아서 두 손은 핸들을 잡으세요.

mo*n.jo*/un.jo*n.so*.ge/an.ja.so*/du/so.neun/he*n.deu.reul/

jja.beu.se.yo

請你先坐在駕駛座上，然後雙手握著方向盤。

| 핸들 | 方向盤 | 잡다 | 抓、握 | 먼저 | 先 | 운전석 | 駕駛座 |
| 앉다 | 坐 | 손 | 手 |

펑크가 나다　po*ng.keu.ga/na.da　拋錨

例句

펑크가 났습니다.
po*ng.keu.ga/nat.sseum.ni.da
輪胎拋錨了。

고객을 만나러 가는 길에 타이어에 펑크가 났어요.
go.ge*.geul/man.na.ro*/ga.neun/gi.re/ta.i.o*.e/po*ng.keu.ga/
na.sso*.yo
去見客戶的路上，輪胎拋錨了。

고객 顧客　　**만나다** 見面　　**길** 路上　　**타이어** 輪胎、外胎

곧장 가다　got.jjang/ga.da　直走

例句

곧장 가 주세요.
got.jjang/ga/ju.se.yo
請直走。

이 길로 곧장 가면 큰 빌딩이 보일 겁니다.
i/gil.lo/got.jjang/ga.myo*n/keun/bil.ding.i/bo.il/go*m.ni.da
往這條路一直走，您會看到一棟大樓。

곧장 直、一直　　**길** 路　　**크다** 大　　**빌딩** 高樓大廈
보이다 看見、看到

人生
與成就。

Chapter **4**

學校、課業

학교에 다니다　hak.gyo.e/da.ni.da　上學

例句

매일 지하철을 타고 학교에 다녀요.

me*.il/ji.ha.cho*.reul/ta.go/hak.gyo.e/da.nyo*.yo

每天搭地鐵去學校上課。

지난 달부터 영어 학원을 다니고 있습니다.

ji.nan/dal.bu.to*/yo*ng.o*/ha.gwo.neul/da.ni.go/it.sseum.ni.da

我從上個月開始在英語補習班補習。

요리를 배우러 학원에 다녀요.

yo.ri.reul/be*.u.ro*/ha.gwo.ne/da.nyo*.yo

去補習班學做菜。

학교	學校	다니다	來往	매일	每天	지하철	地鐵	지난 달	上個月

영어 英語　**학원** 補習班

수업을 듣다　su.o*.beul/deut.da　聽課

例句

나 지금 수업 들으러 가야 돼요.

na/ji.geum/su.o*p/deu.reu.ro*/ga.ya/dwe*.yo

我現在必須去上課。

한국어학과에 들어가면 꼭 김 교수님의 수업을 들어야 돼.

han.gu.go*.hak.gwa.e/deu.ro*.ga.myo*n/gok/gim.gyo.su.ni.mui/su.o*.
beul/deu.ro*.ya/dwe*

如果考上韓國語學系，一定要聽金教授的課。

수업 課程　**한국어** 韓國語　**학과** 學系　**교수님** 教授

수업이 끝나다　su.o*.bi/geun.na.da　下課

例句

그 학생은 수업이 끝나자마자 학원에 갔어요.

geu/hak.sse*ng.eun/su.o*.bi/geun.na.ja.ma.ja/ha.gwo.ne/ga.sso*.yo

那個學生一下課就去補習班了。

수업이 벌써 끝났어요?

su.o*.bi/bo*l.sso*/geun.na.sso*.yo

你已經下課了嗎？

수업 課程　**끝나다** 結束　**학생** 學生　**학원** 補習班　**벌써** 已經

수업을 땡땡이치다　su.o*.beul/de*ng.de*ng.i.chi.da
翹課

例句

그 학생이 자주 수업을 땡땡이쳐서 선생님께 혼났어요.

geu/hak.sse*ng.i/ja.ju/su.o*.beul/de*ng.de*ng.i.cho*.so*/so*n.se*ng.
nim.ge/hon.na.sso*.yo

那位學生經常翹課，所以被老師罵了。

무슨 일이 있어도 수업 땡땡이치면 안 돼요.

mu.seun/i.ri/i.sso*.do/su.o*p/de*ng.de*ng.i.chi.myo*n/an/dwe*.yo

不管有什麼事，都不可以翹課。

땡땡이치다 翹課　　**자주** 常常　　**혼나다** 挨罵　　**무슨** 什麼

출석을 부르다　chul.so*.geul/bu.reu.da　點名

例句

수업 시작하기 전에 먼저 출석을 부르겠습니다.

su.o*p/si.ja.ka.gi/jo*.ne/mo*n.jo*/chul.so*.geul/bu.reu.get.sseum.ni.da

上課前，我先點名。

선생님이 출석을 부르시기 전에 교실에 들어가야 해요.

so*n.se*ng.ni.mi/chul.so*.geul/bu.reu.si.gi/jo*.ne/gyo.si.re/deu.ro*.ga.ya/he*.yo

在老師點名之前，必須進教室。

출석 出席　　**부르다** 叫、換　　**시작하다** 開始　　**먼저** 先　　**교실** 教室

학점을 따다　hak.jjo*.meul/da.da　拿學分

例句

모든 학점을 따려면 두 전공 모두 9학점씩 들어야 한다.

mo.deun/hak.jjo*.meul/da.ryo*.myo*n/du/jo*n.gong/mo.du/gu.hak.jjo*m.ssik/deu.ro*.ya/han.da

想拿所有的學分，必須兩個主修各修9個學分才行。

| 학점 學分 | 따다 取得 | 모든 所有的 | 전공 專業、主修 | 듣다 聽 |

장학금을 신청하다　jang.hak.geu.meul/ssin.cho*ng.ha.da
申請獎學金

例句

우수한 학생들이 장학금을 신청할 수 있습니다.

u.su.han/hak.sse*ng.deu.ri/jang.hak.geu.meul/ssin.cho*ng.hal/ssu/
it.sseum.ni.da

優秀的學生可以申請獎學金。

장학금 신청은 7월 20일까지입니다.

jang.hak.geum/sin.cho*ng.eun/chi.rwol/i.si.bil.ga.ji.im.ni.da

獎學金申請到7月20日為止。

| 신청하다 申請、報名 | 우수하다 優秀 | 월 月 | 일 日 |

考試、學習

시험을 보다　si.ho*.meul/bo.da　應考

例句

한국어능력시험을 보기로 결정했습니다.

han.gu.go*.neung.nyo*k.ssi.ho*.meul/bo.gi.ro/gyo*l.jo*ng.he*t.
sseum.ni.da

我決定報考韓國語能力考試。

형이 오늘 공무원 시험을 보러 갔어요.

hyo*ng.i/o.neul/gong.mu.won/si.ho*.meul/bo.ro*/ga.sso*.yo

哥哥今天去考公務員考試了。

학생들이 교실에서 시험을 보고 있어요.

hak.sse*ng.deu.ri/gyo.si.re.so*/si.ho*.meul/bo.go/i.sso*.yo

學生們正在教室裡考試。

시험 考試　　결정하다 決定　　형 哥哥　　공무원 公務員

시험에 합격하다　si.ho*.me/hap.gyo*.ka.da　考試合格

例句

시험에 합격하기 위해 열심히 공부해요.

si.ho*.me/hap.gyo*.ka.gi/wi.he*/yo*l.sim.hi/gong.bu.he*.yo

為了考試合格，我努力認真讀書。

모두 자신이 선택한 대학에 꼭 합격하기 바랍니다.

mo.du/ja.si.ni/so*n.te*.kan/de*.ha.ge/gok/hap.gyo*.ka.gi/ba.ram.ni.da

希望大家都能考上自己所選擇的大學。

합격하다 合格 　**열심히** 認真地 　**모두** 全部、大家 　**자신** 自己

선택하다 選擇 　**바라다** 希望、盼望

시험에서 떨어지다　si.ho*.me.so*/do*.ro*.ji.da　沒考上

例句

나는 똑같은 시험에서 벌써 두 번째 떨어졌어요.

na.neun/dok.ga.teun/si.ho*.me.so*/bo*l.sso*/du/bo*n.jje*/do*.ro*.
jo*.sso*.yo

我已經在一樣的考試落榜第二次了。

입학 시험에서 떨어졌어요.

i.pak/si.ho*.me.so*/do*.ro*.jo*.sso*.yo

入學考試落榜了。

열심히 공부했지만 입학 시험에서 떨어졌다.

yo*l.sim.hi/gong.bu.he*t.jji.man/i.pak/si.ho*.me.so*/do*.ro*.jo*t.da

雖然認真讀書了，入學考試還是落榜了。

떨어지다 落下、掉落 　**공부하다** 讀書、念書 　**입학 시험** 入學考試

똑같다 一樣 　**두 번째** 第二次

미역국을 먹다　mi.yo*k.gu.geul/mo*k.da　落榜

미역국을 먹으면 시험에 떨어져요.

mi.yo*k.gu.geul/mo*.geu.myo*n/si.ho*.me/do*.ro*.jo*.yo

如果喝海帶湯，考試會落榜。

시험 보기 전날에 미역국 먹으면 안 된다.

si.ho*m/bo.gi/jo*n.na.re/mi.yo*k.guk/mo*.geu.myo*n/an/dwen.da

考試前一天，不可以喝海帶湯。

미역국 海帶湯　**먹다** 吃　**전날** 前一天

밤을 새다　ba.meul/sse*.da　熬夜

例句

오늘도 밤을 새야 해요.

o.neul.do/ba.meul/sse*.ya/he*.yo

今天也要熬夜。

아무리 바빠도 저는 밤을 안 새요.

a.mu.ri/ba.ba.do/jo*.neun/ba.meul/an/se*.yo

即使我再忙，也不會熬夜。

밤 晚上　**새다** 天亮、破曉　**아무리** 不管怎樣　**바쁘다** 忙碌

단어를 외우다　da.no*.reul/we.u.da　背單字

例句

여러분은 영어 단어를 어떻게 외우시나요?

yo*.ro*.bu.neun/yo*ng.o*/da.no*.reul/o*.do*.ke/we.u.si.na.yo

大家都是怎麼背英文單字的呢？

나는 단어 외우기를 너무 싫어해요.

na.neun/da.no*/we.u.gi.reul/no*.mu/si.ro*.he*.yo

我很討厭背單字。

단어 單字　외우다 背誦、記憶　여러분 各位、大家　영어 英文

너무 很、非常　싫어하다 討厭

숙제를 내다　suk.jje.reul/ne*.da　繳交作業

例句

내일까지 숙제를 내야 돼요.

ne*.il.ga.ji/suk.jje.reul/ne*.ya/dwe*.yo

明天之前要繳交作業。

아직 여름 방학 숙제를 안 냈어요.

a.jik/yo*.reum/bang.hak/suk.jje.reul/an/ne*.sso*.yo

我還沒交暑假作業。

숙제 作業　내다 繳交　내일 明天　아직 尚未　여름 夏天

방학 放假

숙제를 하다　suk.jje.reul/ha.da　寫作業

例句

영어 숙제를 하면서 사전을 찾아요.

yo*ng.o*/suk.jje/reul/ha.myo*n.so*/sa.jo*.neul/cha.ja.yo

一邊寫英文作業，一邊查字典。

아, 나는 숙제 하기 싫다.

a//na.neun/suk.jje/ha.gi/sil.ta

啊，我好討厭寫作業。

숙제 作業　**영어** 英語　**사전** 字典　**찾다** 找尋　**싫다** 討厭

글씨를 쓰다　geul.ssi.reul/sseu.da　**寫字**

例句

글씨를 잘 쓰네요.

geul.ssi.reul/jjal/sseu.ne.yo

你字寫得很漂亮。

글씨를 잘못 썼어요.

geul.ssi.reul/jjal.mot/sso*.sso*.yo

寫錯字了。

글씨 字體、字　**쓰다** 寫（字）　**잘못** 錯誤地

畢業、入學

N을/를 졸업하다　eul/reul/jjo.ro*.pa.da　畢業

例句

작년에 서울대학교 의과대학원을 졸업했어요.

jang.nyo*.ne/so*.ul.de*.hak.gyo/ui.gwa.de*.ha.gwo.neul/
jjo.ro*.pe*.sso*.yo

我去年從首爾大學醫科研究所畢業了。

대학을 졸업하면 뭘 할 겁니까?

de*.ha.geul/jjo.ro*.pa.myo*n/mwol/hal/go*m.ni.ga

你大學畢業後要做什麼?

졸업하다 畢業　　**작년** 去年　　**의과** 醫科　　**대학원** 研究所　　**대학** 大學
무엇 什麼

N에 입학하다　e/i.pa.ka.da　入學

例句

아들이 3월에 초등학교에 입학했습니다.

a.deu.ri/sa.mwo.re/cho.deung.hak.gyo.e/i.pa.ke*t.sseum.ni.da

兒子在三月就進小學就讀了。

找工作

일자리를 찾다 il.ja.ri.reul/chat.da 找工作

例句

저는 일자리를 찾고 있습니다.
jo*.neun/il.ja.ri.reul/chat.go/it.sseum.ni.da
我正在找工作。

빨리 일자리를 찾았으면 좋겠습니다.
bal.li/il.ja.ri.reul/cha.ja.sseu.myo*n/jo.ket.sseum.ni.da
希望可以快點找到工作。

계속 일자리를 찾지 못해서 너무 속상합니다.
gye.sok/il.ja.ri.reul/chat.jji/mo.te*.so*/no*.mu/sok.ssang.ham.ni.da
一直找不到工作，真傷心。

일자리 工作崗位   찾다 找尋   빨리 趕快

일자리를 구하다 il.ja.ri.reul/gu.ha.da 找工作

例句

아직 일자리를 구하지 못했어요.
a.jik/il.ja.ri.reul/gu.ha.ji/mo.te*.sso*.yo
我還沒找到工作。

요즘 일자리를 구하는 것은 쉽지 않다.

yo.jeum/il.ja.ri.reul/gu.ha.neun/go*.seun/swip.jji/an.ta

最近找工作並不容易。

구하다 求取 　**아직** 尚未、還 　**요즘** 最近 　**쉽다** 簡單、容易

면접을 보다　myo*n.jo*.beul/bo.da　面試

例句

면접을 볼 때 주의할 사항이 뭡니까?

myo*n.jo*.beul/bol/de*/ju.ui.hal/ssa.hang.i/mwom.ni.ga

面試的時候，應該注意的事項為何？

나는 어제 면접 봤어요.

na.neun/o*.je/myo*n.jo*p/bwa.sso*.yo

我昨天面試了。

면접 面試 　**주의하다** 注意 　**사항** 事項 　**어제** 昨天

打工、上班

아르바이트를 하다　a.reu.ba.i.teu.reul/ha.da　打工

例句

아르바이트를 하면서 학교에 다녀요.

a.reu.ba.i.teu.reul/ha.myo*n.so*/hak.gyo.e/da.nyo*.yo

一邊打工一邊讀書。

등록금을 벌기 위해 아르바이트를 해요.

deung.nok.geu.meul/bo*l.gi/wi.he*/a.reu.ba.i.teu.reul/he*.yo

為了賺學費而打工。

아르바이트 打工　**학교** 學校　**등록금** 註冊費　**벌다** 賺

N에 취직하다　e/chwi.ji.ka.da　在…上班

例句

졸업하면 회사에 취직하려고 합니다.

jo.ro*.pa.myo*n/hwe.sa.e/chwi.ji.ka.ryo*.go/ham.ni.da

畢業的話，我想去上班。

나는 항공사에 취직하고 싶어요.

na.neun/hang.gong.sa.e/chwi.ji.ka.go/si.po*.yo

我想在航空公司上班。

취직하다 就業　**졸업하다** 畢業　**항공사** 航空公司

회사에 다니다 hwe.sa.e/da.ni.da **上班**

例句

나는 화장품 회사에 다니고 싶어요.

na.neun/hwa.jang.pum/hwe.sa.e/da.ni.go/si.po*.yo

我想在化妝品公司上班。

회사에 다니게 되면 복장은 어떻게 입어야 하나요?

hwe.sa.e/da.ni.ge/dwe.myo*n/bok.jjang.eun/o*.do*.ke/i.bo*.ya/
ha.na.yo

如果去上班，服裝應該怎麼穿呢？

화장품 化妝品   **복장** 服裝   **입다** 穿（衣服）

일을 하다 i.reul/ha.da **工作、做事**

例句

돈이 필요해서 일을 해야 돼요.

do.ni/pi.ryo.he*.so*/i.reul/he*.ya/dwe*.yo

需要錢，所以必須工作。

이 일을 한 지 5년반이 넘었어요.

i/i.reul/han/ji/o.nyo*n.ba.ni/no*.mo*.sso*.yo

我做這個工作已經超過五年半了。

일을 끝내다 i.reul/geun.ne*.da **收工、完事**

例句

어제 일은 아직 끝내지 못했어요.

o*.je/i.reun/a.jik/geun.ne*.ji/mo.te*.sso*.yo

昨天的工作還沒做完。

일 좀 끝내고 갈게요.

il/jom/geun.ne*.go/gal.ge.yo

工作做完我就去。

일 工作　**끝내다** 結束　**아직** 尚未、還　**가다** 去

출장을 가다　chul.jang.eul/ga.da　出差

例句

다음 주 월요일에 중국으로 출장을 갈 거예요.

da.eum/ju/wo.ryo.i.re/jung.gu.geu.ro/chul.jang.eul/gal/go*.ye.yo

下週一我要去中國出差。

아버지는 KTX를 타고 출장을 가십니다.

a.bo*.ji.neun/ktx.reul/ta.go/chul.jang.eul/ga.sim.ni.da

爸爸搭乘KTX出差。

출장 出差　**다음 주** 下週　**월요일** 星期一　**중국** 中國

잔업을 하다　ja.no*.beul/ha.da　加班

例句

할 일이 너무 많아서 잔업을 해야 해요.
hal/i.ri/no*.mu/ma.na.so*/ja.no*.beul/he*.ya/he*.yo
要處理的事情太多了，必須要加班。

오늘도 밤 늦게까지 잔업했다.
o.neul.do/bam/neut.ge.ga.ji/ja.no*.pe*t.da
今天也加班到晚上很晚。

잔업 加班 **너무** 太、非常 **많다** 多 **오늘** 今天 **밤** 晚上

휴가를 내다 hyu.ga.reul/ne*.da 請假

例句

휴가를 내려고 하는데 사장님께 뭐라고 해야 좋을까요?
hyu.ga.reul/ne*.ryo*.go/ha.neun.de/sa.jang.nim.ge/mwo.ra.go/he*.ya/
jo.eul.ga.yo
我想請假，應該跟老闆說什麼好呢？

이틀 동안 휴가를 냈습니다.
i.teul/dong.an/hyu.ga.reul/ne*t.sseum.ni.da
我請了兩天的假。

책임을 지다 che*.gi.meul/jji.da 負起責任

例句

모든 책임을 제가 지겠습니다.
mo.deun/che*.gi.meul/jje.ga/ji.get.sseum.ni.da
我會負起所有的責任。

이 일에 대한 책임은 누가 져요?

i/i.re/de*.han/che*.gi.meun/nu.ga/jo*.yo

這件事誰來負責？

책임 責任　　**지다** 背起（債務、責任）　　**모든** 所有的　　**일** 事情

누구 誰

失業

사표를 내다 sa.pyo.reul/ne*.da 提出辭職信

例句

직장인들이 사표를 내고 싶은 이유는 뭐예요?

jik.jjang.in.deu.ri/sa.pyo.reul/ne*.go/si.peun/i.yu.neun/mwo.ye.yo

職場人會想提出辭職信的理由是什麼？

회사에 사표를 내려고 합니다.

hwe.sa.e/sa.pyo.reul/ne*.ryo*.go/ham.ni.da

我打算向公司提出辭職信。

사표 辭職信　**직장인** 職場人　**이유** 理由　**회사** 公司

해고를 당하다 he*.go.reul/dang.ha.da 遭解雇

例句

제가 부당 해고를 당했는데 어떻게 하면 좋죠?

je.ga/bu.dang/he*.go.reul/dang.he*n.neun.de/o*.do*.ke/ha.myo*n/
jo.chyo

我遭到不當解雇了，該怎麼辦才好？

해고 解雇　**부당** 不當　**어떻게** 如何　**좋다** 好

人生規劃

돈을 벌다　do.neul/bo*l.da　賺錢

例句

돈을 벌어서 여행을 갈 거예요.
do.neul/bo*.ro*.so*/yo*.he*ng.eul/gal/go*.ye.yo
我賺錢之後要去旅行。

아, 빨리 돈 벌고 싶습니다.
a//bal.li/don/bo*l.go/sip.sseum.ni.da
啊！我好想趕快去賺錢。

돈 錢　**벌다** 賺（錢）　**여행** 旅行　**빨리** 快點

시집을 가다　si.ji.beul/ga.da　嫁人

例句

제가 시집을 못 가면 어떡해요?
je.ga/si.ji.beul/mot/ga.myo*n/o*.do*.ke*.yo
我如果嫁不掉怎麼辦？

언니는 굉장히 어렸을 때 시집을 갔어요.
o*n.ni.neun/gweng.jang.hi/o*.ryo*.sseul/de*/si.ji.beul/ga.sso*.yo
姊姊在很小的時候就嫁人了。

시집 婆家　**어떡하다** 怎麼做　**언니** 姊姊　**굉장히** 非常、極
어리다 幼小

장가를 가다　jang.ga.reul/ga.da　娶老婆

例句

올해에는 저도 장가를 가고 싶네요.

ol.he*.e.neun/jo*.do/jang.ga.reul/ga.go/sim.ne.yo

今年我也想娶老婆呢！

제일 친한 친구가 드디어 올해 장가 가게 되었어요.

je.il/chin.han/chin.gu.ga/deu.di.o*/ol.he*/jang.ga/ga.ge/dwe.o*.sso*.yo

我最要好的朋友終於今年要結婚了。

장가 娶妻　　**올해** 今年　　**제일** 第一　　**친하다** 親密、熟識

드디어 終於

유학을 가다　yu.ha.geul/ga.da　去留學

例句

지금 외국으로 유학을 가고 싶습니다.

ji.geum/we.gu.geu.ro/yu.ha.geul/ga.go/sip.sseum.ni.da

現在我想去國外旅行。

돈이 없어서 유학을 갈 수 없어요.

do.ni/o*p.sso*.so*/yu.ha.geul/gal/ssu/o*p.sso*.yo

因為沒錢，沒辦法去留學。

유학 留學　　**지금** 現在　　**외국** 國外　　**돈** 錢　　**없다** 沒有

군대에 가다　gun.de*.e/ga.da　當兵

例句

준수 오빠가 군대에 갔어요.

jun.su/o.ba.ga/gun.de*.e/ga.sso*.yo

俊秀哥去當兵了。

군대 가기 전에 꼭 해야 할 일이 뭐야?

gun.de*/ga.gi/jo*.ne/gok/he*.ya/hal/i.ri/mwo.ya

當兵前，一定要做得事情是什麼？

군대 軍隊　　**오빠** 哥哥　　**꼭** 一定　　**하다** 做　　**일** 事情、工作

N이/가 되다　i/ga/dwe.da　成為、當上

例句

저도 회사원이 되었습니다.

jo*.do/hwe.sa.wo.ni/dwe.o*t.sseum.ni.da

我也當上了上班族。

나중에 초등학교 선생님이 꼭 되고 싶습니다.

na.jung.e/cho.deung.hak.gyo/so*n.se*ng.ni.mi/gok/dwe.go/
sip.sseum.ni.da

以後我一定要成為小學老師。

회사원 公司職員　　**나중** 以後、後來　　**선생님** 老師　　**꼭** 一定

목표를 세우다　mok.pyo.reul/sse.u.da　設立目標

例句

인생의 목표를 세워야 공부할 의지가 생겨요.
in.se*ng.ui/mok.pyo.reul/sse.wo.ya/gong.bu.hal/ui.ji.ga/se*ng.gyo*.yo
必須設立人生的目標，才會有想讀書的意志。

목표를 세우는 것은 매우 중요한 일입니다.
mok.pyo.reul/sse.u.neun/go*.seun/me*.u/jung.yo.han/i.rim.ni.da
建立目標是很重要的事情。

인생　人生　　**공부하다**　讀書　　**의지**　意志　　**생기다**　產生、出現

매우　很、非常　　**중요하다**　重要　　**일**　事情

목표를 이루다　mok.pyo.reul/i.ru.da　實現目標

例句

자신의 목표를 이루기 위해서 노력하고 있습니다.
ja.si.nui/mok.pyo.reul/i.ru.gi/wi.he*.so*/no.ryo*.ka.go/it.sseum.ni.da
為了實現自己的目標，正在努力中。

목표를 이루려면 시간을 지배하라.
mok.pyo.reul/i.ru.ryo*.myo*n/si.ga.neul/jji.be*.ha.ra
想要達成目標，就要懂得支配時間。

이루다　實現　　**자신**　自己　　**노력하다**　努力　　**시간**　時間

지배하다　支配、掌控

잘 되다　jal/dwe.da　順利、很好

例句

반드시 잘 될 거예요.

ban.deu.si/jal/dwel/go*.ye.yo

一定會很順利的。

일이 잘 되어가요?

i.ri/jal/dwe.o*.ga.yo

事情還順利嗎？

잘 好好地、順利　**되다** 成為、發展　**반드시** 一定　**일** 事情、工作

기회를 놓치다　gi.hwe.reul/not.chi.da　錯失機會

例句

이런 좋은 기회를 놓친다는 게 정말 아쉬워요.

i.ro*n/jo.eun/gi.hwe.reul/not.chin.da.neun/ge/jo*ng.mal/a.swi.wo.yo

錯失這種好機會，真可惜！

이 기회를 놓치면 살 수 없습니다.

i/gi.hwe.reul/not.chi.myo*n/sal/ssu/o*p.sseum.ni.da

如果錯過這次機會，就買不到了。

家、居住

집에 돌아가다　ji.be/do.ra.ga.da　回家

例句

나 지금 집에 돌아갈게요.

na/ji.geum/ji.be/do.ra.gal.ge.yo

我現在要回家了。

보통 몇 시에 집에 돌아가요?

bo.tong/myo*t/si.e/ji.be/do.ra.ga.yo

你一般幾點回家？

집 家　**돌아가다** 回去　**지금** 現在　**보통** 一般　**몇 시** 幾點

～에(서) 살다　e.so*/sal.da　住在～

例句

어디서 사세요?

o*.di.so*/sa.se.yo

您住在哪裡？

서울에서 살아요.

so*.u.re.so*/sa.ra.yo

我住在首爾。

살다 住　**어디** 哪裡　**서울** 首爾

집을 짓다　ji.beul/jjit.da　蓋房子

例句

집을 지은 지 10년이 됐어요.
ji.beul/jji.eun/ji/sim.nyo*.ni/dwe*.sso*.yo
家蓋好已經有十年了。

새 아파트를 지으려고 합니다.
se*/a.pa.teu.reul/jji.eu.ryo*.go/ham.ni.da
打算蓋新的公寓。

집 家　　짓다 蓋（房）　　년 年　　새 新的　　아파트 大樓公寓

이사를 가다　i.sa.reul/ga.da　搬家

例句

도시로 이사를 가고 싶다.
do.si.ro/i.sa.reul/ga.go/sip.da
我想搬到都市。

다음 달에 이사 갈 겁니다.
da.eum/da.re/i.sa/gal/go*m.ni.da
下個月我要搬家。

이사 搬家　　가다 去　　도시 都市　　다음 下個、下一

休閒
娛樂。

Chapter 5

各式運動

운동을 하다　un.dong.eul/ha.da　運動

例句

다이어트를 하려면 운동은 꼭 해야 돼요.
da.i.o*.teu.reul/ha.ryo*.myo*n/un.dong.eun/gok/he*.ya/dwe*.yo
如果想減肥，一定要運動。

규칙적인 운동을 하면 건강해 집니다.
gyu.chik.jjo*.gin/un.dong.eul/ha.myo*n/go*n.gang.he*/jim.ni.da
規律性運動可以變得更健康。

운동 運動　　**다이어트** 減肥　　**꼭** 一定　　**규칙적** 規律性
건강하다 健康

다이어트를 하다　da.i.o*.teu.reul/ha.da　減肥

例句

내일부터 다이어트를 하기로 했어요.
ne*.il.bu.to*/da.i.o*.teu.reul/ha.gi.ro/he*.sso*.yo
我決定從明天開始減肥。

다이어트를 하려면 칼로리 조절과 운동이 필수입니다.
da.i.o*.teu.reul/ha.ryo*.myo*n/kal.lo.ri/jo.jo*l.gwa/un.dong.i/
pil.su.im.ni.da
想減肥的話，控制卡路里和運動是必要的。

다이어트 減肥　내일 明天　칼로리 卡路里、熱量　조절 調節、控制

운동 運動　필수 必需

수영을 하다　su.yo*ng.eul/ha.da　游泳

例句

내일은 수영 하러 갑시다.

ne*.i.reun/su.yo*ng/ha.ro*/gap.ssi.da

我們明天去游泳吧。

수영을 할 줄 아세요?

su.yo*ng.eul/hal/jjul/a.se.yo

您會游泳嗎？

저는 수영 못해요.

jo*.neun/su.yo*ng/mo.te*.yo

我不會游泳。

그녀는 수영을 할 수 없다.

geu.nyo*.neun/su.yo*ng.eul/hal/ssu/o*p.da

她不能游泳。

수영 游泳　내일 明天　알다 知道　못하다 不會、不擅長

등산을 하다　deung.sa.neul/ha.da　爬山

例句

주말에 보통 등산 하거나 농구를 합니다.
ju.ma.re/bo.tong/deung.san/ha.go*.na/nong.gu.reul/ham.ni.da
週末我一般會爬山或是打籃球。

등산할 때 꼭 필요한 것은 무엇입니까?
deung.san.hal/de*/gok/pi.ryo.han/go*.seun/mu.o*.sim.ni.ga
爬山的時候，一定會需要的是什麼？

등산 爬山　주말 週末　농구 籃球　필요하다 需要　무엇 什麼

등산을 가다　deung.sa.neul/ga.da　去爬山

例句

친구들과 등산을 가기로 했다.
chin.gu.deul.gwa/deung.sa.neul/ga.gi.ro/he*t.da
和朋友約好要一起去爬山。

등산을 가기 전에 등산화를 샀어요.
deung.sa.neul/ga.gi/jo*.ne/deung.san.hwa.reul/ssa.sso*.yo
去爬山前，買了登山鞋。

주말에 등산을 갈 거예요.
ju.ma.re/deung.sa.neul/gal/go*.ye.yo
周末會去爬山。

등산 爬山　등산화 登山鞋　사다 買

조깅을 하다　jo.ging.eul/ha.da　慢跑

例句

아침에 부모님과 함께 조깅이나 산책을 합니다.

a.chi.me/bu.mo.nim.gwa/ham.ge/jo.ging.i.na/san.che*.geul/ham.ni.da

早上和父母親一起慢跑或散步。

오늘 조깅 하기가 싫습니다.

o.neul/jjo.ging/ha.gi.ga/sil.sseum.ni.da

今天我不想慢跑。

조깅 慢跑　**부모님** 父母親　**산책** 散步　**싫다** 討厭

말을 타다　ma.reul/ta.da　騎馬

例句

말을 타 본 적이 있으세요?

ma.reul/ta/bon/jo*.gi/i.sseu.se.yo

你有騎過馬嗎？

말 馬　**타다** 騎　**있다** 有

씨름을 하다　ssi.reu.meul/ha.da　摔跤

例句

씨름을 잘하는 사람은 보통 유도도 잘해요.

ssi.reu.meul/jjal.ha.neun/sa.ra.meun/bo.tong/yu.do.do/jal.he*.yo

很會摔跤的人通常柔道也很厲害。

오늘 학교에서 체육 시간에 씨름을 했습니다.

o.neul/hak.gyo.e.so*/che.yuk/si.ga.ne/ssi.reu.meul/he*t.sseum.ni.da

今天在學校的體育課時間玩了摔跤。

씨름 摔跤　　**유도** 柔道　　**체육** 體育　　**시간** 時間

땀이 나다　da.mi/na.da　出汗

例句

운동 후에 땀이 많이 났어요.

un.dong/hu.e/da.mi/ma.ni/na.sso*.yo

運動後，流了很多汗。

저는 땀이 많이 나는 체질입니다.

un.dong/hu.e/da.mi/ma.ni/na.sso*.yo

我是很會流汗的體質。

땀 汗　　**나다** 產生、出現　　**운동** 運動　　**많이** 多多地　　**체질** 體質

球類

공을 차다　gong.eul/cha.da　踢球

例句

공을 여기로 차 보세요.

gong.eul/yo*.gi.ro/cha/bo.se.yo

請把球踢到這裡。

오늘 혼자서 축구공을 찼습니까?

o.neul/hon.ja.so*/chuk.gu.gong.eul/chat.sseum.ni.ga

今天你自己踢足球嗎？

공 球　**차다** 踢　**여기** 這裡　**혼자** 獨自、一個人　**축구공** 足球

축구를 하다　chuk.gu.reul/ha.da　踢足球

例句

시간이 있으면 가끔 친구들이랑 축구를 해요.

si.ga.ni/i.sseu.myo*n/ga.geum/chin.gu.deu.ri.rang/chuk.gu.reul/he*.yo

有時間的話，我偶爾會和朋友一起踢足球。

축구를 잘하려면 연습은 중요합니다.

chuk.gu.reul/jjal.ha.ryo*.myo*n/yo*n.seu.beun/jung.yo.ham.ni.da

想踢好足球，練習很重要。

축구 足球　**가끔** 偶爾　**연습** 練習　**중요하다** 重要

농구를 하다　nong.gu.reul/ha.da　打籃球

例句

학생들이 운동장에서 농구를 하고 있다.

hak.sse*ng.deu.ri/un.dong.jang.e.so*/nong.gu.reul/ha.go/it.da

學生們正在運動場打籃球。

수업 끝나면 농구 하러 가자.

su.o*p/geun.na.myo*n/nong.gu/ha.ro*/ga.ja

下課後，一起去打籃球吧。

농구 籃球　**학생** 學生　**운동장** 運動場　**수업** 課程　**끝나다** 結束

배구를 하다　be*.gu.reul/ha.da　打排球

例句

그때 아이들이 배구를 하고 있었다.

geu.de*/a.i.deu.ri/be*.gu.reul/ha.go/i.sso*t.da

那時孩子們正在打排球。

나는 배구를 못 해요.

na.neun/be*.gu.reul/mot/he*.yo

我不會打排球。

배구 排球　**그때** 那時候　**아이** 小孩

야구를 하다　ya.gu.reul/ha.da　打棒球

例句

야구장에 가면 야구를 하는 선수들을 볼 수 있어요.

ya.gu.jang.e/ga.myo*n/ya.gu.reul/ha.neun/so*n.su.deu.reul/bol/su/
i.sso*.yo

去棒球場的話，可以看得到打棒球的選手們。

야구를 하고 싶어서 야구부에 들어갔어요.

ya.gu.reul/ha.go/si.po*.so*/ya.gu.bu.e/deu.ro*.ga.sso*.yo

因為想打棒球，所以加入了棒球社。

야구 棒球　　야구장 棒球場　　선수 選手　　보다 看　　들어가다 進去

당구를 치다　dang.gu.reul/chi.da　打撞球

例句

당구 치러 가고 싶어요.

dang.gu/chi.ro*/ga.go/si.po*.yo

我想去打撞球。

오늘 다섯 시간동안 당구를 했어요.

o.neul/da.so*t/si.gan.dong.an/dang.gu.reul/he*.sso*.yo

今天我打了五個小時的撞球。

당구 撞球　　오늘 今天　　시간 小時

배드민턴을 치다　be*.deu.min.to*.neul/chi.da
打羽毛球

例句

동생과 함께 운동장에서 배드민턴을 칩니다.

dong.se*ng.gwa/ham.ge/un.dong.jang.e.so*/be*.deu.min.to*.neul/

chim.ni.da

和弟弟一起在運動場打羽毛球。

회사에 가다가 배드민턴을 하는 친구들을 발견해요.

hwe.sa.e/ga.da.ga/be*.deu.min.to*.neul/ha.neun/chin.gu.deu.reul/

bal.gyo*n.he*.yo

在去公司途中，發現正在打羽毛球的朋友們。

배드민턴 羽毛球　　**동생** 弟弟、妹妹　　**함께** 一起　　**회사** 公司

발견하다 發現

볼링을 치다　bol.ling.eul/chi.da　打保齡球

例句

심심해서 혼자서 볼링을 치러 가요.

sim.sim.he*.so*/hon.ja.so*/bol.ling.eul/chi.ro*/ga.yo

因為無聊，所以一個人去打保齡球。

볼링을 치려고 볼링장에 들어갔어요.

bol.ling.eul/chi.ryo*.go/bol.ling.jang.e/deu.ro*.ga.sso*.yo

為了打保齡球，進去保齡球館了。

볼링 保齡球　　**심심하다** 無聊　　**볼링장** 保齡球館

탁구를 치다　tak.gu.reul/chi.da　打乒乓球

例句

선배를 만나기 전에 탁구를 쳐 본 적이 없어요.

so*n.be*.reul/man.na.gi/jo*.ne/tak.gu.reul/cho*/bon/jo*.gi/
o*p.sso*.yo

在遇到前輩之前，我沒有打過乒乓球。

탁구 같이 치실 분 찾습니다.

tak.gu/ga.chi/chi.sil/bun/chat.sseum.ni.da

我在找能一起打乒乓球的人。

탁구 乒乓球　**선배** 前輩、學長姊　**만나다** 見面　**찾다** 找尋

골프를 치다　gol.peu.reul/chi.da　打高爾夫

例句

한국 사람은 골프를 잘 칩니까?

han.guk/sa.ra.meun/gol.peu.reul/jjal/chim.ni.ga

韓國人很會打高爾夫嗎？

나는 주말마다 골프 치러 골프장에 가요.

na.neun/ju.mal.ma.da/gol.peu/chi.ro*/gol.peu.jang.e/ga.yo

我每個週末都去高爾夫場打高爾夫。

한국 韓國　**사람** 人　**주말** 週末　**골프장** 高爾夫場

테니스를 치다　te.ni.seu.reul/chi.da　打網球

例句

미연이는 테니스를 어떻게 치니?

mi.yo*.ni.neun/te.ni.seu.reul/o*.do*.ke/chi.ni

美妍的網球打得怎麼樣？

아내가 매일 테니스를 칩니다.

a.ne*.ga/me*.il/te.ni.seu.reul/chim.ni.da

妻子每天打網球。

테니스 網球　어떻게 如何、怎麼樣　아내 妻子、老婆　매일 每天

比賽

운동회에 참가하다　un.dong.hwe.e/cham.ga.ha.da
參加運動會

例句

저는 시간을 내어 학교 운동회에 참가했어요.

jo*.neun/si.ga.neul/ne*.o*/hak.gyo/un.dong.hwe.e/cham.ga.he*.
sso*.yo

我抽出時間參加了學校運動會。

운동회에 참가할 분은 손들어 보세요.

un.dong.hwe.e/cham.ga.hal/bu.neun/son.deu.ro*/bo.se.yo

要參加運動會的人請舉手。

운동회 運動會　**참가하다** 參加　**학교** 學校　**손들다** 舉手

금메달을 따다　geum.me.da.reul/da.da　奪得金牌

例句

김지연 선수가 올림픽에서 금메달을 땄습니다.

gim.ji.yo*n/so*n.su.ga/ol.lim.pi.ge.so*/geum.me.da.reul/dat.sseum.ni.da

金智妍選手在奧林匹克運動會中奪得了金牌。

이번에는 금메달 꼭 따야 합니다.

i.bo*.ne.neun/geum.me.dal/gok/da.ya/ham.ni.da

這次我一定要奪得金牌。

금메달 金牌　　따다 摘、奪得　　올림픽 奧林匹克運動會　　꼭 一定

시합에서 이기다　si.ha.be.so*/i.gi.da　贏了比賽

例句

우리 학교 야구부는 이번 운동회에서 이겼어요.

u.ri/hak.gyo/ya.gu.bu.neun/i.bo*n/un.dong.hwe.e.so*/i.gyo*.sso*.yo

我們學校棒球社在這次運動會中獲勝了。

시합에서 이기려고 연습을 많이 합니다.

si.ha.be.so*/i.gi.ryo*.go/yo*n.seu.beul/ma.ni/ham.ni.da

為了贏得比賽，努力練習。

시합 比賽　　이기다 贏、獲勝　　운동회 運動會　　연습 練習

시합에서 지다　si.ha.be.so*/ji.da　輸了比賽

例句

그녀는 이겨야 하는 경기에서 졌다.

geu.nyo*.neun/i.gyo*.ya/ha.neun/gyo*ng.gi.e.so*/jo*t.da

她在必須要贏的比賽中輸了。

이번 시합에서 진 이유는 뭐예요?

i.bo*n/si.ha.be.so*/jin/i.yu.neun/mwo.ye.yo

輸掉這次比賽的理由是什麼？

지다 輸　　경기 比賽、競賽　　이유 理由

휘슬을 불다　hwi.seu.reul/bul.da　吹哨子

例句

심판은 손을 들며 휘슬을 불었다.

sim.pa.neun/so.neul/deul.myo*/hwi.seu.reul/bu.ro*t.da

裁判一邊舉起手一邊吹了哨子。

휘슬 哨子　**불다** 吹　**심판** 裁判　**손** 手　**들다** 舉起、拿

승부가 나다　seung.bu.ga/na.da　分出勝負

例句

드디어 오늘은 승부가 났습니다.

deu.di.o*/o.neu.reun/seung.bu.ga/nat.sseum.ni.da

終於今天分出勝負了。

실력이 비슷해서 승부가 잘 나지 않아요.

sil.lyo*.gi/bi.seu.te*.so*/seung.bu.ga/jal/na.ji/a.na.yo

由於實力相當，一直分不出勝負。

승부 勝負　**드디어** 終於　**실력** 實力　**비슷하다** 相似、類似

승부를 내다　seung.bu.reul/ne*.da　一決勝負

例句

이번에는 승부를 내자.

i.bo*.ne.neun/seung.bu.reul/ne*.ja

這次我們來一決勝負吧！

승부를 내기 전에 내가 할 말이 있어요.

seung.bu.reul/ne*.gi/jo*.ne/ne*.ga/hal/ma.ri/i.sso*.yo

在決勝負前，我有話要説。

이번 這次　말 話　있다 有

승부를 가리다　seung.bu.reul/ga.ri.da　分勝負

例句

양팀은 영대영으로 승부를 가리지 못했습니다.

yang.ti.meun/yo*ng.de*.yo*ng.eu.ro/seung.bu.reul/ga.ri.ji/mo.te*t.
sseum.ni.da

兩隊以零比零不分勝負。

우리 다시 승부 가리자.

u.ri/da.si/seung.bu/ga.ri.ja

我再來分勝負吧！

가리다 區分、分別　양팀 兩隊　영 零　대 比　다시 再次

기록을 깨다　gi.ro.geul/ge*.da　打破記錄

例句

한 운동 선수가 세계 기록을 깼습니다.

han/un.dong/so*n.su.ga/se.gye/gi.ro.geul/ge*t.sseum.ni.da

一位運動選手打破了世界紀錄。

남의 기록을 깨는 건 어려울 것 같아요.

na.mui/gi.ro.geul/ge*.neun/go*n/o*.ryo*.ul/go*t/ga.ta.yo

要打破別人的記錄好像很難。

기록 記錄　**깨다** 打破　**선수** 選手　**세계** 世界　**남** 他人、別人
어렵다 困難

기록을 세우다　gi.ro.geul/sse.u.da　創新記錄

例句

그 조깅 선수가 새로운 기록을 세웠다.

geu/jo.ging/so*n.su.ga/se*.ro.un/gi.ro.geul/sse.wot.da

那位慢跑選手創了新的記錄。

세우다 建立、創造　**조깅** 慢跑　**새롭다** 新

嗜好、興趣

관심을 갖다　gwan.si.meul/gat.da　抱持興趣

例句

왜 이 일에 대해 그렇게 관심을 갖습니까?

we*/i/i.re/de*.he*/geu.ro*.ke/gwan.si.meul/gat.sseum.ni.ga

你為什麼對這件事情那麼感興趣？

저는 영화에 큰 관심을 갖습니다.

jo*.neun/yo*ng.hwa.e/keun/gwan.si.meul/gat.sseum.ni.da

我對電影很感興趣。

> 관심 關心　갖다 具備、具有　왜 為什麼　영화 電影　크다 大

우표를 수집하다　u.pyo.reul/ssu.ji.pa.da　收集郵票

例句

제 취미는 우표를 수집하는 것입니다.

je/chwi.mi.neun/u.pyo.reul/ssu.ji.pa.neun/go*.sim.ni.da

我的興趣是收集郵票。

내가 몇 년동안 수집한 우표를 팔려고 해요.

ne*.ga/myo*t/nyo*n.dong.an/su.ji.pan/u.pyo.reul/pal.lyo*.go/he*.yo

我打算把這幾年所收集的郵票賣掉。

> 우표 郵票　수집하다 收集　취미 興趣　동안 期間　팔다 賣

여행을 가다 yo*.he*ng.eul/ga.da 去旅行

例句

가족들과 여행을 가고 싶네요.

ga.jok.deul.gwa/yo*.he*ng.eul/ga.go/sim.ne.yo

我想和家人去旅行呢！

여행을 가려면 여권부터 신청해야 돼요.

yo*.he*ng.eul/ga.ryo*.myo*n/yo*.gwon.bu.to*/sin.cho*ng.he*.ya/
dwe*.yo

想去旅行的話，必須先辦護照。

휴가 때 같이 한국 여행 갈까요?

hyu.ga/de*/ga.chi/han.guk/yo*.he*ng/gal.ga.yo

休假的時候，要不要一起去韓國旅行？

여행 旅行   가족 家人   여권 護照   신청하다 申請、辦理

휴가 休假

靜態休閒

책을 읽다 che*.geul/ik.da 讀書

例句

나는 책을 읽으면서 음악을 들어요.
na.neun/che*.geul/il.geu.myo*n.so*/eu.ma.geul/deu.ro*.yo
我一邊讀書一邊聽音樂。

제가 책을 읽을 때 말 시키지 마세요.
je.ga/che*.geul/il.geul/de*/mal.ssi.ki.ji/ma.se.yo
我讀書的時候，請不要跟我説話。

이 책을 읽은 지 10분이 안 되었어요.
i/che*.geul/il.geun/ji/sip.bu.ni/an/dwe.o*.sso*.yo
我讀這本書還不到10分鐘。

책 書　**읽다** 閱讀　**음악** 音樂　**듣다** 聽　**말** 話

책을 보다 che*.geul/bo.da 看書

例句

저는 책을 보는 게 좋습니다.
jo*.neun/che*.geul/bo.neun/ge/jo.sseum.ni.da
我喜歡看書。

시간이 있으면 책을 봐요.
si.ga.ni/i.sseu.myo*n/che*.geul/bwa.yo

有時間的話，我會看書。

보다 看　좋다 好　시간 時間　있다 有

음악을 듣다　eu.ma.geul/deut.da　聽音樂

例句

이 음악을 들어 봤어요?
i/eu.ma.geul/deu.ro*/bwa.sso*.yo
你有聽過這首音樂嗎？

그 가수 노래를 들어본 적 없어요.
geu/ga.su/no.re*.reul/deu.ro*.bon/jo*k/o*p.sso*.yo
我沒聽過那位歌手的歌。

음악 音樂　듣다 聽　가수 歌手　노래 歌曲

신문을 읽다　sin.mu.neul/ik.da　看報紙

例句

신문을 읽으면 상식이 풍부해요.
sin.mu.neul/il.geu.myo*n/sang.si.gi/pung.bu.he*.yo
讀報紙，可以增長知識。

한국 신문을 읽는 것은 쉽지 않습니다.
han.guk/sin.mu.neul/ing.neun/go*.seun/swip.jji/an.sseum.ni.da
閱讀韓語報紙並不容易。

신문 報紙　상식 常識　풍부하다 豐富　한국 韓國
쉽다 簡單、容易

그림을 그리다　geu.ri.meul/geu.ri.da　畫畫

例句

어제 밤에 그림 다섯 장이나 그렸어요.

o*.je/ba.me/geu.rim/da.so*t/jang.i.na/geu.ryo*.sso*.yo

昨天晚上我畫了五張圖畫。

그림 정말 잘 그리시네요.

geu.rim/jo*ng.mal/jjal/geu.ri.si.ne.yo

您真的很會畫畫呢！

그림 圖畫　그리다 畫　어제 昨天　밤 晚上　다섯 五　장 張
정말 真的

바둑을 두다　ba.du.geul/du.da　下圍棋

例句

아빠랑 바둑을 뒀는데 제가 이겼어요.

a.ba.rang/ba.du.geul/dwon.neun.de/je.ga/i.gyo*.sso*.yo

和爸爸一起下圍棋，結果我贏了。

저는 바둑을 잘 못 둡니다.

jo*.neun/ba.du.geul/jjal/mot/dum.ni.da

我不太會下圍棋。

바둑 圍棋　두다 放置、下(棋)　아빠 爸爸　이기다 獲勝、贏

못 無法、不能

장기를 두다　jang.gi.reul/du.da　下象棋

例句

제 취미는 장기 두기입니다.

je/chwi.mi.neun/jang.gi.du.gi.im.ni.da

我的興趣是下象棋。

장기 잘 두는 법을 좀 가르쳐 주세요.

jang.gi/jal/du.neun/bo*.beul/jjom/ga.reu.cho*/ju.se.yo

請教我可以下好象棋的方法。

장기 象棋　취미 興趣　법 方法　가르치다 教導

게임을 하다　ge.i.meul/ha.da　玩遊戲

例句

형이 하루종일 컴퓨터 게임만 해요.

hyo*ng.i/ha.ru.jong.il/ko*m.pyu.to*/ge.im.man/he*.yo

哥哥一整天都在玩電腦遊戲。

게임을 하기 전에 숙제를 하세요.

ge.i.meul/ha.gi/jo*.ne/suk.jje.reul/ha.se.yo

在玩遊戲前，請你先寫作業。

動態休閒

춤을 추다　chu.meul/chu.da　跳舞

例句

저랑 함께 춤을 추시겠습니까?
jo*.rang/ham.ge/chu.meul/chu.si.get.sseum.ni.ga
您願意和我一起跳舞嗎？

누가 제일 춤을 잘 추나요?
nu.ga/je.il/chu.meul/jjal/chu.na.yo
誰最會跳舞呢？

춤 舞蹈　**추다** 跳（舞）　**함께** 一起　**누구** 誰　**제일** 最、第一

낚시를 가다　nak.ssi.reul/ga.da　去釣魚

例句

장인과 장어낚시를 갔습니다.
jang.in.gwa/jang.o*.nak.ssi.reul/gat.sseum.ni.da
和岳父一起去釣鰻魚了。

나는 날씨가 좋아야 낚시를 가요.
na.neun/nal.ssi.ga/jo.a.ya/nak.ssi.reul/ga.yo
天氣好我才會去釣魚。

낚시 釣魚　**장인** 岳父　**장어** 鰻魚

낚시질을 하다　nak.ssi.ji.reul/ha.da　釣魚

例句

낚시질을 하면서 친구하고 얘기합니다.
nak.ssi.ji.reul/ha.myo*n.so*/chin.gu.ha.go/ye*.gi.ham.ni.da
一邊釣魚一邊和朋友聊天。

바닷가에 가서 낚시질을 할 겁니다.
ba.dat.ga.e/ga.so*/nak.ssi.ji.reul/hal/go*m.ni.da
我要去海邊釣魚。

낚시질 釣魚　**얘기하다** 聊天、說話　**바닷가** 海邊

놀이기구를 타다　no.ri.gi.gu.reul/ta.da　搭遊樂設施

例句

나는 놀이기구 타는 게 무서워요.
na.neun/no.ri.gi.gu/ta.neun/ge/mu.so*.wo.yo
我害怕搭乘遊樂設施。

아이들이 마음껏 놀이기구를 탈 수 있어서 좋았어요.
a.i.deu.ri/ma.eum.go*t/no.ri.gi.gu.reul/tal/ssu/i.sso*.so*/jo.a.sso*.yo
孩子們可以盡情玩遊樂設施，很開心。

놀이기구 遊樂設施　**아이** 小孩　**마음껏** 盡情、盡量

구경을 가다　gu.gyo*ng.eul/ga.da　去參觀

例句

꽃 구경을 갑시다!

got/gu.gyo*ng.eul/gap.ssi.da

一起去賞花吧！

구경 參觀、觀看　**꽃** 花　**저녁** 晚餐　**영화** 電影

소풍을 가다　so.pung.eul/ga.da　去遠足

例句

오늘 날씨가 좋아서 친구들과 같이 소풍을 가기로 했다.

o.neul/nal.ssi.ga/jo.a.so*/chin.gu.deul.gwa/ga.chi/so.pung.eul/ga.gi.ro/
he*t.da

今天天氣好，所以決定和朋友們一起去郊遊。

소풍 郊遊、遠足　**날씨** 天氣　**친구** 朋友　**같이** 一起

스키를 타다　seu.ki.reul/ta.da　滑雪

例句

스키를 타려고 친구하고 같이 스키장에 갔어요.

seu.ki.reul/ta.ryo*.go/chin.gu.ha.go/ga.chi/seu.ki.jang.e/ga.sso*.yo

為了滑雪，和朋友一起去了滑雪場。

저 스키를 탈 줄 몰라요.

jo*/seu.ki.reul/tal/jjul/mol.la.yo

我不會滑雪。

스키 滑雪　친구 朋友　스키장 滑雪場　모르다 不知道

바비큐를 하다　ba.bi.kyu.reul/ha.da　烤肉

例句

이번에 우리 가족은 바비큐를 하기로 했어요.

i.bo*.ne/u.ri/ga.jo.geun/ba.bi.kyu.reul/ha.gi.ro/he*.sso*.yo

這次我們家決定要烤肉。

친구들과 바비큐를 하고 싶어요.

chin.gu.deul.gwa/ba.bi.kyu.reul/ha.go/si.po*.yo

我想跟朋友們一起烤肉。

바비큐 烤肉　이번 這次　가족 家人　친구 朋友

攝影、拍照

사진을 찍다　sa.ji.neul/jjik.da　拍照

例句

사진 좀 찍어 주세요.

sa.jin/jom/jji.go*/ju.se.yo

請幫我拍照。

여기서 사진을 찍어도 돼요?

yo*.gi.so*/sa.ji.neul/jji.go*.do/dwe*.yo

我可以在這裡拍照嗎？

사진 照片　**찍다** 拍　**좀** 稍微　**여기** 這裡

셔터를 누르다　syo*.to*.reul/nu.reu.da　按快門

例句

사진 좀 찍어 주시겠습니까? 이 셔터를 누르시면 됩니다.

sa.jin/jom/jji.go*/ju.si.get.sseum.ni.ga//i/syo*.to*.reul/nu.reu.

si.myo*n/dwem.ni.da

可以幫我照相嗎？按下這個快門就可以了。

셔터 快門　**누르다** 按下　**사진** 照片　**찍다** 拍、照

逛街、購物

N 이/가 매진되다　i/ga/me*.jin.dwe.da　售完

例句

극장표가 벌써 다 매진됐습니다.

geuk.jjang.pyo.ga/bo*l.sso*/da/me*.jin.dwe*t.sseum.ni.da

劇場的票已經都賣完了。

인터넷 예매가 매진되면 현장에 가서 표를 구할 수 있나요?

in.to*.net/ye.me*.ga/me*.jin.dwe.myo*n/hyo*n.jang.e/ga.so*/pyo.

reul/gu.hal/su/in.na.yo

如果網路預購售完的話，去現場可以買到票嗎？

매진되다 售完　**극장표** 電影票、劇場票　**벌써** 已經　**다** 都、全部
인터넷 網路　**예매** 預購　**현장** 現場　**구하다** 求得

돈을 내다　do.neul/ne*.da　付錢

例句

돈은 내가 낼게요.

do.neun/ne*.ga/ne*l.ge.yo

錢我來付。

점심 값은 누가 냈습니까?

jo*m.sim/gap.sseun/nu.ga/ne*t.sseum.ni.ga

午餐錢是誰付的？

내다 拿出　　점심 午餐、中午　　값 價格　　누구 誰

돈을 지불하다　do.neul/jji.bul.ha.da　付錢

例句

돈을 제가 다 지불했습니다.

do.neul/jje.ga/da/ji.bul.he*t.sseum.ni.da

錢我都付了。

수수료는 어떻게 지불합니까?

su.su.ryo.neun/o*.do*.ke/ji.bul.ham.ni.ga

手續費要如何付？

지불하다 支付　　다 都、全部　　수수료 手續費　　어떻게 如何、怎麼樣

값을 깎다　gap.sseul/gak.da　殺價、砍價

例句

값은 조금만 깎아 주시겠습니까?

gap.sseun/jo.geum.man/ga.ga/ju.si.get.sseum.ni.ga

您可以算便宜一點嗎？

가격 좀 깎아 주세요.

ga.gyo*k/jom/ga.ga/ju.se.yo

請算便宜一點。

모두 3만3천원인데 사장님이 삼천원은 깎아 주셨습니다.

mo.du/sam.man.sam.cho*.nwo.nin.de/sa.jang.ni.mi/sam.cho*.nwo.
neun/ga.ga/ju.syo*t.sseum.ni.da

總共是三萬三千韓圜，社長便宜了三千韓圜給我。

죄송합니다. 그 정도로 깎아 드릴 수 없습니다.

jwe.song.ham.ni.da//geu/jo*ng.do.ro/ga.ga/deu.ril/su/o*p.sseum.ni.da

對不起，沒辦法便宜這麼多。

값 價格、價錢　　**깎다** 削價、砍價　　**조금** 一點、稍微　　**가격** 價格
모두 全部　　**사장님** 社長　　**정도** 程度

마음에 들다　ma.eu.me/deul.da　滿意、喜歡

例句

둘 다 마음에 듭니다.

dul/da/ma.eu.me/deum.ni.da

我兩個都喜歡。

마음에 드세요?

ma.eu.me/deu.se.yo

您滿意嗎？

이 치마는 마음에 들지만 가격이 너무 비싸요.

i/chi.ma.neun/ma.eu.me/deul.jji.man/ga.gyo*.gi/no*.mu/bi.ssa.yo

雖然很喜歡這件裙子，但價格太貴了。

看電影

영화를 보다　yo*ng.hwa.reul/bo.da　看電影

例句

무슨 영화를 볼까요?

mu.seun/yo*ng.hwa.reul/bol.ga.yo

我們要看什麼電影？

집에서 한국 영화를 봤어요.

ji.be.so*/han.guk/yo*ng.hwa.reul/bwa.sso*.yo

在家裡看了韓國電影。

보고 싶은 영화 있어요?

bo.go/si.peun/yo*ng.hwa/i.sso*.yo

你有想看的電影嗎？

저녁을 먹고 영화 보러 가자.

jo*.nyo*.geul/mo*k.go/yo*ng.hwa/bo.ro*/ga.ja

我們吃完晚餐後去看電影吧。

무슨 什麼的　**영화** 電影　**보다** 看　**집** 家　**한국** 韓國

영화를 감상하다　yo*ng.hwa.reul/gam.sang.ha.da
欣賞電影

例句

회원에 가입하시면 무료로 영화를 감상할 수 있습니다.

hwe.wo.ne/ga.i.pa.si.myo*n/mu.ryo.ro/yo*ng.hwa.reul/gam.sang.hal/
ssu/it.sseum.ni.da

如果加入會員，可以免費欣賞電影。

저의 취미는 영화 감상입니다.

jo*.ui/chwi.mi.neun/yo*ng.hwa/gam.sang.im.ni.da

我的興趣是看電影。

영화 電影　**감상하다** 鑑賞、欣賞　**회원** 會員　**가입하다** 加入
무료 免費　**취미** 興趣

영화를 촬영하다　yo*ng.hwa.reul/chwa.ryo*ng.ha.da
拍電影

例句

이 영화는 다양한 장소에서 촬영했습니다.

i/yo*ng.hwa.neun/da.yang.han/jang.so.e.so*/chwa.ryo*ng.he*t.
sseum.ni.da

這部電影是在不同的場所拍攝的。

선배가 홍콩에서 영화를 촬영하고 있습니다.

so*n.be*.ga/hong.kong.e.so*/yo*ng.hwa.reul/chwa.ryo*ng.ha.go/
it.sseum.ni.da

前輩正在香港拍電影。

樂器、音樂

악기를 연주하다　ak.gi.reul/yo*n.ju.ha.da　演奏樂器

例句

무슨 악기를 연주할 줄 알아요?
mu.seun/ak.gi.reul/yo*n.ju.hal/jjul/a.ra.yo
你會演奏什麼樂器呢？

기타 외에는 아무것도 연주할 줄 몰라요.
gi.ta/we.e.neun/a.mu.go*t.do/yo*n.ju.hal/jjul/mol.la.yo
我除了吉他，什麼樂器都不會。

악기 樂器　**연주하다** 演奏　**무슨** 什麼　**기타** 吉他　**외** 以外
아무것도 什麼也…

나팔을 불다　na.pa.reul/bul.da　吹喇叭

例句

나팔을 불면서 춤을 춰요.
na.pa.reul/bul.myo*n.so*/chu.meul/chwo.yo
一邊吹喇叭一邊跳舞。

나는 피아노를 칠 테니까 네가 나팔을 불어.
na.neun/pi.a.no.reul/chil/te.ni.ga/ne.ga/na.pa.reul/bu.ro*
我彈鋼琴你吹喇叭。

나팔 喇叭　**불다** 吹　**춤** 舞蹈　**피아노** 鋼琴

휘파람을 불다　hwi.pa.ra.meul/bul.da　吹口哨

例句

휘파람을 부는 남자가 싫어요.
hwi.pa.ra.meul/bu.neun/nam.ja.ga/si.ro*.yo
我討厭會吹口哨的男生。

휘파람 좀 불지 마요.
hwi.pa.ram/jom/bul.ji/ma.yo
請不要吹口哨。

휘파람 口哨　**남자** 男生　**싫다** 討厭

기타를 치다　gi.ta.reul/chi.da　彈吉他

例句

기타를 치면서 노래를 부르기가 어려워요.
gi.ta.reul/chi.myo*n.so*/no.re*.reul/bu.reu.gi.ga/o*.ryo*.wo.yo
一邊彈吉他一邊唱歌很難。

남편의 기타 치는 모습은 참 멋있다.
nam.pyo*.nui/gi.ta/chi.neun/mo.seu.beun/cham/mo*.sit.da
老公彈吉他的模樣真帥。

기타 吉他　**노래** 歌曲　**어렵다** 困難　**남편** 丈夫、老公　**모습** 模樣
멋있다 帥、好看

북을 치다 bu.geul/chi.da 打鼓

例句

늦은 밤에 북을 치면 안 됩니다.

neu.jeun/ba.me/bu.geul/chi.myo*n/an/dwem.ni.da

不可以在深夜打鼓。

북을 치는 건 생각보다 쉽네요.

bu.geul/chi.neun/go*n/se*ng.gak.bo.da/swim.ne.yo

打鼓比想像的還簡單。

(북) 鼓　(늦다) 晚、遲　(밤) 晚上　(생각) 想法　(쉽다) 容易

바이올린을 켜다 ba.i.ol.li.neul/kyo*.da 拉小提琴

例句

이번 공연에서 바이올린을 켜는 사람은 접니다.

i.bo*n/gong.yo*.ne.so*/ba.i.ol.li.neul/kyo*.neun/sa.ra.meun/jo*m.ni.da

這次公演拉小提琴的人是我。

바이올린 잘 켜게 되면 바이올린 하나를 살 예정입니다.

ba.i.ol.lin/jal/kyo*.ge/dwe.myo*n/ba.i.ol.lin/ha.na.reul/ssal/ye.jo*ng.
im.ni.da

如果我會拉小提琴了，我打算買一只小提琴。

(바이올린) 小提琴　(켜다) 拉 (樂器)　(공연) 表演、公演　(사람) 人
(사다) 買

피아노를 치다 pi.a.no.reul/chi.da 彈鋼琴

例句

피아노를 치는 그녀가 참 아름답다.
pi.a.no.reul/chi.neun/geu.nyo*.ga/cham/a.reum.dap.da
彈鋼琴的她真美。

저는 열 살때부터 피아노를 치기 시작했습니다.
jo*.neun/yo*l/sal.de*.bu.to*/pi.a.no.reul/chi.gi/si.ja.ke*t.sseum.ni.da
我十歲的時候開始彈鋼琴。

콘서트에 가다 kon.so*.teu.e/ga.da 去演唱會

例句

나도 소녀시대 콘서트에 가고 싶어요.
na.do/so.nyo*.si.de*/kon.so*.teu.e/ga.go/si.po*.yo
我也想去少女時代的演唱會。

콘서트에 가기 위해 회사에 휴가 냈습니다.
kon.so*.teu.e/ga.gi/wi.he*/hwe.sa.e/hyu.ga/ne*t.sseum.ni.da
為了去演唱會，向公司請假了。

콘서트 演唱會   회사 公司   휴가 假期

노래를 부르다 no.re*.reul/bu.reu.da 唱歌

例句

기분이 안 좋을 때는 노래를 부르세요.

gi.bu.ni/an/jo.eul/de*.neun/no.re*.reul/bu.reu.se.yo

心情不好的時候，請你唱歌。

프로포즈 할 때 어떤 노래를 부르면 좋을까요?

peu.ro.po.jeu/hal/de*/o*.do*n/no.re*.reul/bu.reu.myo*n/jo.eul.ga.yo

求婚的時候，唱什麼歌好呢？

노래를 하다　no.re*.reul/ha.da　唱歌

例句

노래하러 노래방에 가요.

no.re*.ha.ro*/no.re*.bang.e/ga.yo

去練歌房唱歌。

노래를 잘 하려면 자신감을 가지고 꾸준히 연습하세요.

no.re*.reul/jjal/ha.ryo*.myo*n/ja.sin.ga.meul/ga.ji.go/gu.jun.hi/yo*n.

seu.pa.se.yo

如果想把歌唱好，就要先有自信，並且勤奮練習。

노래방 練歌房　**자신감** 自信感　**가지다** 具有、帶有　**꾸준히** 勤奮地

연습하다 練習

賭博

화투를 치다   hwa.tu.reul/chi.da   打花牌

例句

엄마가 화투를 잘 치세요.

o*m.ma.ga/hwa.tu.reul/jjal/chi.se.yo

媽媽很會打花牌。

우리 화투 한 판 하자.

u.ri/hwa.tu/han/pan/ha.ja

我們來打一盤花牌吧。

화투 花牌   **엄마** 媽媽   **우리** 我們   **판** （一）盤、局

내기를 하다   ne*.gi.reul/ha.da   打賭

例句

우리도 내기 할래요?

u.ri.do/ne*.gi/hal.le*.yo

我們也來打賭，要不要？

내기를 함부로 하면 안 됩니다.

ne*.gi.reul/ham.bu.ro/ha.myo*n/an/dwem.ni.da

不可以隨便跟人打賭。

내기 打賭   **우리** 我們   **함부로** 隨便、隨意

도박을 끊다   do.ba.geul/geun.ta   戒賭

例句

저는 도박을 끊은 지 10년이 됐어요.

jo*.neun/do.ba.geul/geu.neun/ji/sim.nyo*.ni/dwe*.sso*.yo

我戒賭有十年了。

이제는 정말 도박을 끊고 싶습니다.

i.je.neun/jo*ng.mal/do.ba.geul/geun.ko/sip.sseum.ni.da

現在我真的想要戒賭了。

도박 賭博　**끊다** 中斷、切斷　**년** 年　**이제** 現在　**정말** 真的

복권이 당첨되다   bok.gwo.ni/dang.cho*m.dwe.da
彩券中獎

例句

어제 산 복권이 당첨됐어요.

o*.je/san/bok.gwo.ni/dang.cho*m.dwe*.sso*.yo

我昨天買的彩券中獎了。

이번에 복권이 당첨될 확률이 매우 높습니다.

i.bo*.ne/bok.gwo.ni/dang.cho*m.dwel/hwang.nyu.ri/me*.u/nop.

sseum.ni.da

這次獎券中獎的機率很高。

복권 獎券、彩券　**당첨되다** 中獎　**사다** 買　**확률** 機率
매우 很、非常　**높다** 高

困難
與疾病。

Chapter 6

困難

길을 잃다 gi.reul/il.ta 迷路

例句

길을 잃었어요.

gi.reul/i.ro*.sso*.yo

我迷路了。

길을 잃은 것 같아요.

gi.reul/i.reun/go*t/ga.ta.yo

我好像迷路了。

길을 잃지 않기 위해 지도 하나 샀어요.

gi.reul/il.chi/an.ki/wi.he*/ji.do/ha.na/sa.sso*.yo

為了不迷路，買了一張地圖。

잃다 失去、丟失 **지도** 地圖 **하나** 一 **사다** 買

길을 묻다 gi.reul/mut.da 問路

例句

실례지만 길 좀 묻겠습니다.

sil.lye.ji.man/gil/jom/mut.get.sseum.ni.da

不好意思，我問個路。

길 좀 물어도 될까요?

gil/jom/mu.ro*.do/dwel.ga.yo

我可以問路嗎？

길 路　묻다 問　좀 稍微、一下

길을 가르치다　gi.reul/ga.reu.chi.da　指路、引路

例句

길을 가르쳐 주셔서 감사합니다.

gi.reul/ga.reu.cho*/ju.syo*.so*/gam.sa.ham.ni.da

謝謝你為我指路。

죄송한데요, 길을 가르쳐 주실 수 있습니까?

jwe.song.han.de.yo//gi.reul/ga.reu.cho*/ju.sil/su/it.sseum.ni.ga

不好意思，可以告訴我怎麼走嗎？

길 路　가르치다 教導　감사하다 感謝　죄송하다 對不起

사고가 일어나다　sa.go.ga/i.ro*.na.da　發生事故

例句

집 앞에 교통사고가 일어나서 시끄러워요.

jip/a.pe/gyo.tong.sa.go.ga/i.ro*.na.so*/si.geu.ro*.wo.yo

家門口發生車禍，很吵。

여기는 교통사고가 많이 일어나는 곳이에요.

yo*.gi.neun/gyo.tong.sa.go.ga/ma.ni/i.ro*.na.neun/go.si.e.yo

這裡是很常發生車禍的地方。

사고 事故　일어나다 發生　시끄럽다 吵鬧　여기 這裡

경찰에 신고하다　gyo*ng.cha.re/sin.go.ha.da
向警察報案

例句

경찰서에 신고해 보세요.

gyo*ng.chal.sso*.e/sin.go.he*/bo.se.yo

請向警察局報案。

교통사고가 났을 때 먼저 경찰에 신고하는 게 최선입니다.

gyo.tong.sa.go.ga/na.sseul/de*/mo*n.jo*/gyo*ng.cha.re/sin.go.ha.
neun/ge/chwe.so*.nim.ni.da

發生車禍的時候，最好是先向警察報案。

경찰 警察　신고하다 報案　경찰서 警察局　교통사고 交通事故
최선 最佳、最好

災害、遇難

불이 나다　bu.ri/na.da　失火

例句

우리 집에 불이 났어요. 도와 주세요.
u.ri/ji.be/bu.ri/na.sso*.yo//do.wa/ju.se.yo
我們家失火了，請幫幫忙。

갑자기 불이 나서 근처의 공장이 다 탔습니다.
gap.jja.gi/bu.ri/na.so*/geun.cho*.ui/gong.jang.i/da/tat.sseum.ni.da
突然失火，附近的工廠都被燒壞了。

불 火　우리 我們　집 家　도와주다 幫忙　갑자기 突然
근처 附近　공장 工廠　타다 燒焦

화재가 발생하다　hwa.je*.ga/bal.sse*ng.ha.da
發生火災

例句

화재가 발생한 곳은 여기입니까?
hwa.je*.ga/bal.sse*ng.han/go.seun/yo*.gi.im.ni.ga
火災發生的地方是這裡嗎？

지하철에서 화재가 발생한다면 어떻게 대처해야 할까요?
ji.ha.cho*.re.so*/hwa.je*.ga/bal.sse*ng.han.da.myo*n/o*.do*.ke/de*.
cho*.he*.ya/hal.ga.yo
如果地鐵發生火災的話，該如何應變才好？

화재 火災　　發生하다 發生　　지하철 地鐵　　대처하다 應付、對付

지진이 나다　ji.ji.ni/na.da　發生地震

例句

지진이 나면 어떻게 해야 돼요?

ji.ji.ni/na.myo*n/o*.do*.ke/he*.ya/dwe*.yo

如果發生地震，應該怎麼辦？

지진이 나서 걱정을 해요.

ji.ji.ni/na.so*/go*k.jjo*ng.eul/he*.yo

因為發生地震，所以擔心。

지진 地震　　어떻게 如何　　걱정하다 擔心

피해를 입다　pi.he*.reul/ip.da　蒙受損失

例句

남부 일부 지역은 가뭄으로 극심한 피해를 입었다.

nam.bu/il.bu/ji.yo*.geun/ga.mu.meu.ro/geuk.ssim.han/pi.he*.reul/
i.bo*t.da

南部一部分地區因旱災受到嚴重的損傷。

피해 損傷、損失　　입다 蒙受　　남부 南部　　일부 一部分
지역 地區、區域　　극심하다 極度、慘重　　가뭄 乾旱

香菸、疾病

담배를 피우다　dam.be*.reul/pi.u.da　抽菸

例句

담배 피우지 마세요.
dam.be*/pi.u.ji/ma.se.yo
請不要抽菸。

여기서 담배를 피우면 안 됩니다.
yo*.gi.so*/dam.be*.reul/pi.u.myo*n/an/dwem.ni.da
不可以在這裡抽菸。

여기에서는 담배를 피우지 못해요.
yo*.gi.e.so*.neun/dam.be*.reul/pi.u.ji/mo.te*.yo
這裡沒辦法抽菸。

담배 좀 피워도 괜찮습니까?
dam.be*/jom/pi.wo.do/gwe*n.chan.sseum.ni.ga
可以抽菸嗎？

담배 菸　**피우다** 抽（菸）　**여기** 這裡　**괜찮다** 沒關係

담배를 끊다　dam.be*.reul/geun.ta　戒菸

例句

이번에는 꼭 담배를 끊겠습니다.
i.bo*.ne.neun/gok/dam.be*.reul/geun.ket.sseum.ni.da

這次我一定要戒菸。

담배를 끊고 싶습니다.

dam.be*.reul/geun.ko/sip.sseum.ni.da

我想戒菸。

끊다 切斷、中斷　　이번 這次　　꼭 一定

감기에 걸리다　gam.gi.e/go*l.li.da　得到感冒

例句

감기에 걸려서 약을 먹어요.

gam.gi.e/go*l.lyo*.so*/ya.geul/mo*.go*.yo

感冒了，所以吃藥。

감기에 걸려서 학교에 갈 수가 없어요.

gam.gi.e/go*l.lyo*.so*/hak.gyo.e/gal/ssu.ga/o*p.sso*.yo

因為感冒，所以沒辦法去學校。

유행성 감기에 걸렸어요.

yu.he*ng.so*ng/gam.gi.e/go*l.lyo*.sso*.yo

我得到了流行性感冒。

나도 감기에 걸렸나봐요.

na.do/gam.gi.e/go*l.lyo*n.na.bwa.yo

我好像也感冒了。

감기 感冒　　걸리다 得到（感冒）　　약 藥　　유행성 流行性

배가 아프다　be*.ga/a.peu.da　肚子痛

例句

저녁을 많이 먹어서 배가 아파요.
jo*.nyo*.geul/ma.ni/mo*.go*.so*/be*.ga/a.pa.yo
晚餐吃太多了，肚子痛。

배가 아파서 오늘을 쉬어야 겠다.
be*.ga/a.pa.so*/o.neu.reul/sswi.o*.ya/get.da
肚子痛，今天該來休息了。

배 肚子　**아프다** 痛　**저녁** 晚上、傍晚　**먹다** 吃　**오늘** 今天
쉬다 休息

기침이 나다　gi.chi.mi/na.da　咳嗽

例句

계속 기침이 나요. 그리고 목이 아파요.
gye.sok/gi.chi.mi/na.yo//geu.ri.go/mo.gi/a.pa.yo
一直咳嗽，還會喉嚨痛。

마른 기침이 자꾸 나요.
ma.reun/gi.chi.mi/ja.gu/na.yo
我老是乾咳。

기침 咳嗽　**계속** 一直、繼續　**그리고** 而且　**목** 喉嚨、脖子
아프다 痛、不適　**마르다** 乾渴　**자꾸** 頻頻、老是

코가 막히다　ko.ga/ma.ki.da　鼻塞

例句

코가 막힙니다.
ko.ga/ma.kim.ni.da
鼻塞了。

코가 막혀서 잠을 못 자요.
ko.ga/ma.kyo*.so*/ja.meul/mot/ja.yo
因為鼻塞，睡不好覺。

> **코** 鼻子　**막히다** 堵塞、不通　**잠** 睡覺

모기에 물리다　mo.gi.e/mul.li.da　被蚊子咬

例句

모기에 물린 후 가장 참기 힘든 것이 가려움입니다.
mo.gi.e/mul.lin/hu/ga.jang/cham.gi/him.deun/go*.si/ga.ryo*.u.mim.
ni.da
被蚊子咬了之後，最難以忍受的就是癢症。

어제 산에서 놀 때 모기에 많이 물렸어요.
o*.je/sa.ne.so*/nol/de*/mo.gi.e/ma.ni/mul.lyo*.sso*.yo
昨天在山中玩耍時，被蚊子咬得很慘。

> **모기** 蚊子　**물리다** 被咬…　**가장** 最　**참다** 忍受
> **힘들다** 辛苦、吃力　**가려움** 癢症　**산** 山

治療

약을 먹다　ya.geul/mo*k.da　吃藥

例句

감기약을 먹었어요?
gam.gi.ya.geul/mo*.go*.sso*.yo
你吃感冒藥了嗎？

이 약은 어떻게 먹어야 돼요?
i/ya.geun/o*.do*.ke/mo*.go*.ya/dwe*.yo
這藥該怎麼吃呢？

약 藥　**감기약** 感冒藥　**먹다** 吃

주사를 맞다　ju.sa.reul/mat.da　打針

例句

주사를 다시 맞고 싶지 않아요.
ju.sa.reul/da.si/mat.go/sip.jji/a.na.yo
我不想再打針了。

독감 예방 주사를 아직 맞지 않으셨어요?
dok.gam/ye.bang/ju.sa.reul/a.jik/mat.jji/a.neu.syo*.sso*.yo
您還沒注射流感疫苗嗎？

주사 注射、打針　**맞다** 打中、挨打　**다시** 再次　**독감** 重感冒
예방 預防　**아직** 尚未、還

수술을 받다　su.su.reul/bat.da　**接受手術**

例句

다음 주 월요일에 수술을 받기로 결정했다.

da.eum/ju/wo.ryo.i.re/su.su.reul/bat.gi.ro/gyo*l.jo*ng.he*t.da

我決定下週一要動手術了。

수술 手術　**받다** 接受　**다음 주** 下週　**월요일** 星期一
결정하다 決定

구급차를 부르다　gu.geup.cha.reul/bu.reu.da　**叫救護車**

例句

구급차 좀 불러 주세요.

gu.geup.cha/jom/bul.lo*/ju.se.yo

請幫我叫救護車。

아이가 아파서 급히 119에 연락해서 구급차를 불렀어요.

a.i.ga/a.pa.so*/geu.pi/i.ril.gu.e/yo*l.la.ke*.so*/gu.geup.cha.reul/bul/
bul.lo*.sso*.yo

孩子生病，所以緊急聯絡119叫了救護車。

구급차 救護車　**부르다** 叫、呼喚　**아프다** 不適、生病
연락하다 聯絡

自然
與動植物。

Chapter 7

天氣

날씨가 좋다　nal.ssi.ga/jo.ta　天氣好

例句

날씨가 좋으면 소풍을 가자.

nal.ssi.ga/jo.eu.myo*n/so.pung.eul/ga.ja

天氣好的話，我們去郊遊吧。

오늘 날씨가 참 좋습니다.

o.neul/nal.ssi.ga/cham/jo.sseum.ni.da

今天天氣真好。

날씨 天氣　**좋다** 好　**소풍** 郊遊、遠足　**참** 真

날씨가 나쁘다　nal.ssi.ga/na.beu.da　天氣差

例句

날씨가 나빠서 우리는 출발을 연기했다.

nal.ssi.ga/na.ba.so*/u.ri.neun/chul.ba.reul/yo*n.gi.he*t.da

因為天氣不好，我們延遲了出發時間。

어제 날씨가 나빴어요.

o*.je/nal.ssi.ga/na.ba.sso*.yo

昨天天氣很差。

나쁘다 差、不好　**출발** 出發　**연기하다** 延期　**어제** 昨天

날씨가 맑다　nal.ssi.ga/mak.da　天氣晴朗

例句

날씨가 맑으면 저는 친구들과 바다에 갈 거예요.

nal.ssi.ga/mal.geu.myo*n/jo*.neun/chin.gu.deul.gwa/ba.da.e/gal/go*.ye.yo

天氣晴朗的話，我要和朋友去海邊。

오늘은 날씨가 참 맑아요.

o.neu.reun/nal.ssi.ga/cham/mal.ga.yo

今天天氣真晴朗。

맑다 晴朗　**바다** 海　**참** 真

날씨가 흐리다　nal.ssi.ga/heu.ri.da　天氣陰

例句

날씨가 약간 흐리네요.

nal.ssi.ga/yak.gan/heu.ri.ne.yo

天氣有點陰呢！

날씨가 흐리면 기분도 우울해지나요?

nal.ssi.ga/heu.ri.myo*n/gi.bun.do/u.ul.he*.ji.na.yo

天氣陰，心情也跟著憂鬱嗎？

흐리다 陰　**약간** 稍微、些許　**기분** 心情　**우울하다** 憂鬱

下雨、雨傘

비가 오다　bi.ga/o.da　下雨

例句

밖에 비가 많이 오고 있어요.
ba.ge/bi.ga/ma.ni/o.go/i.sso*.yo
外面正在下大雨。

비가 오는데 우산 있으세요?
bi.ga/o.neun.de/u.san/i.sseu.se.yo
下雨了，你有傘嗎？

오늘 비가 오지만 시원해요.
o.neul/bi.ga/o.ji.man/si.won.he*.yo
今天雖然下雨，但很涼爽。

비가 오지 않으면 갈 거예요.
bi.ga/o.ji/a.neu.myo*n/gal/go*.ye.yo
如果沒下雨，我就去。

비 雨　　**오다** 來　　**밖** 外面　　**우산** 雨傘　　**시원하다** 涼爽

비가 내리다　bi.ga/ne*.ri.da　下雨

例句

내일 비가 내리지 않았으면 좋겠다.
ne*.il/bi.ga/ne*.ri.ji/a.na.sseu.myo*n/jo.ket.da

希望明天不要下雨。

갑자기 소나기가 내리면 어떡해요?
gap.jja.gi/so.na.gi.ga/ne*.ri.myo*n/o*.do*.ke*.yo
如果突然下起雷陣雨怎麼辦？

내리다 降下、落下　　**내일** 明天　　**갑자기** 突然　　**소나기** 雷陣雨
어떡하다 怎麼辦

비가 그치다　bi.ga/geu.chi.da　雨停

例句

어제는 비가 많이 왔는데 오늘은 비가 그쳤네요.
o*.je.neun/bi.ga/ma.ni/wan.neun.de/o.neu.reun/bi.ga/geu.cho*n.
ne.yo
昨天下了很多雨，今天雨停了呢！

비가 그치지 않아서 정말 걱정됩니다.
bi.ga/geu.chi.ji/a.na.so*/jo*ng.mal/go*k.jjo*ng.dwem.ni.da
雨下個不停，真的很擔心。

빨리 비가 그치면 좋겠어요.
bal.li/bi.ga/geu.chi.myo*n/jo.ke.sso*.yo
希望雨快點停。

그치다 停止　　**정말** 真的　　**걱정되다** 擔心　　**빨리** 趕快

우산을 쓰다　u.sa.neul/sseu.da　**撐傘**

例句

비가 오는데 이 우산 쓰고 가세요.

bi.ga/o.neun.de/i/u.san/sseu.go/ga.se.yo

下雨了，請撐這支傘走吧。

우산이 없으면 제 거 쓰셔도 돼요.

u.sa.ni/o*p.sseu.myo*n/je/go*/sseu.syo*.do/dwe*.yo

你沒有傘的話，可以用我的傘。

우산 雨傘　**쓰다** 使用　**비** 雨　**오다** 來　**없다** 沒有

우산을 펴다　u.sa.neul/pyo*.da　**打開傘**

例句

우산 하나 펴고 친구와 나란히 걸어요.

u.san/ha.na/pyo*.go/chin.gu.wa/na.ran.hi/go*.ro*.yo

撐開一支雨傘，和朋友並排走。

펴다 打開、撐開　**하나** 一　**친구** 朋友　**나란히** 並排、整齊
걷다 走路

下雪

눈이 오다　nu.ni/o.da　下雪

例句

이번 크리스마스에는 비가 왔으면 좋겠어요.

i.bo*n/keu.ri.seu.ma.seu.e.neun/bi.ga/wa.sseu.myo*n/jo.ke.sso*.yo

希望這次聖誕節會下雪。

내일 눈이 많이 올까요?

ne*.il/nu.ni/ma.ni/ol.ga.yo

明天會下大雪嗎？

눈 雪　이번 這次　크리스마스 聖誕節

눈이 내리다　nu.ni/ne*.ri.da　下雪

例句

눈 내릴 때도 우산이 필요합니다.

nun/ne*.ril/de*.do/u.sa.ni/pi.ryo.ham.ni.da

下雪的時候也需要雨傘。

다음 주에 눈이 내릴 겁니다.

da.eum/ju.e/nu.ni/ne*.ril/go*m.ni.da

下週會下雪。

우산 雨傘　필요하다 需要

눈이 쌓이다 nu.ni/ssa.i.da   積雪

例句

지하철 출구에 눈이 많이 쌓여 있다.

ji.ha.cho*l/chul.gu.e/nu.ni/ma.ni/ssa.yo*/it.da

地鐵出口堆積了很多雪。

나는 매일 집 앞에 쌓인 눈을 쓸어요.

na.neun/me*.il/jip/a.pe/ssa.in/nu.neul/sseu.ro*.yo

我每天清掃堆積在家前面的雪。

쌓이다 堆積   **지하철** 地鐵   **출구** 出口   **매일** 每天   **앞** 前面
쓸다 掃地

눈이 녹다 nu.ni/nok.da   雪融化

例句

눈이 녹으면 봄이 온다고 합니다.

nu.ni/no.geu.myo*n/bo.mi/on.da.go/ham.ni.da

聽說雪融後春天便來臨了。

눈이 녹으면 주위가 점점 추워집니다.

nu.ni/no.geu.myo*n/ju.wi.ga/jo*m.jo*m/chu.wo.jim.ni.da

如果雪開始融化，周圍會漸漸變冷。

녹다 融化   **봄** 春天   **주위** 周圍   **점점** 漸漸   **추워지다** 變冷

自然現象

해가 뜨다　he*.ga/deu.da　日出

例句

해는 동쪽에서 떠서 서쪽에서 집니다.

he*.neun/dong.jjo.ge.so*/do*.so*/so*.jjo.ge.so*/jim.ni.da

太陽從東邊升起，西邊落下。

해 太陽　뜨다 升起　동쪽 東邊　서쪽 西邊

해가 지다　he*.ga/ji.da　日落

例句

사람들이 해가 뜨면 일어나고 해가 지면 잠자리에 들어갑니다.

sa.ram.deu.ri/he*.ga/deu.myo*n/i.ro*.na.go/he*.ga/ji.myo*n/

jam.ja.ri.e/deu.ro*.gam.ni.da

人們日出起床，日落就寢。

지다 落下　사람 人　일어나다 起床　잠자리 睡鋪
들어가다 進入

바람이 불다　ba.ra.mi/bul.da　颱風、起風

例句

여기는 바람이 불어서 시원해요.

yo*.gi.neun/ba.ra.mi/bu.ro*.so*/si.won.he*.yo

這裡颱風了，很涼快。

바다 근처에 바람이 강하게 불고 있어요.
ba.da/geun.cho*.e/ba.ra.mi/gang.ha.ge/bul.go.i.sso*.yo
海邊附近正吹著強風。

밖에 바람이 세차게 불고 있습니다.
ba.ge/ba.ra.mi/se.cha.ge/bul.go.it.sseum.ni.da
外面正在颳強風。

바람 風　**불다** 起風、吹　**시원하다** 涼爽、涼快　**근처** 附近
강하다 強　**밖** 外面　**세차게** 劇烈地

안개가 끼다　an.ge*.ga/gi.da　起霧

例句

아침에 짙은 안개가 꼈었는데 지금은 어떤가요?
a.chi.me/ji.teun/an.ge*.ga/gyo*.sso*n.neun.de/ji.geu.meun/
o*.do*n.ga.yo
早上有起濃霧，現在呢？

안개 霧　**끼다** 籠罩、彌漫　**짙다** 深、濃　**지금** 現在　**어떻다** 如何

안개가 걷히다　an.ge*.ga/go*.chi.da　霧散

例句

아까보다는 안개가 조금 걷혔네요.
a.ga.bo.da.neun/an.ge*.ga/jo.geum/go*.tyo*n.ne.yo
霧比剛才散了一些呢！

안개 霧　걷히다 消散　아까 剛剛　조금 一點

서리가 내리다　so*.ri.ga/ne*.ri.da　降霜

例句

오늘 아침에는 서리가 내렸습니다.

o.neul/a.chi.me.neun/so*.ri.ga/ne*.ryo*t.sseum.ni.da

今天早上下了霜。

이 지역은 밤에 서리가 내린 적이 있습니다.

i/ji.yo*.geun/ba.me/so*.ri.ga/ne*.rin/jo*.gi/it.sseum.ni.da

這個地區晚上曾經下過霜。

서리 霜　지역 地區　밤 晚上

얼음이 얼다　o*.reu.mi/o*l.da　結冰

例句

출근하는 길에는 얼음이 얼었습니다.

chul.geun.ha.neun/gi.re.neun/o*.reu.mi/o*.ro*t.sseum.ni.da

我上班的路上結冰了。

얼음 冰塊　얼다 凍、結　출근하다 上班　길 路

번개가 치다　bo*n.ge*.ga/chi.da　閃電

例句

번개가 치는 원리를 알고 싶어요.

bo*n.ge*.ga/chi.neun/wol.li.reul/al.go/si.po*.yo

我想知道閃電的原理。

번개 閃電　**원리** 原理　**알다** 知道

천둥이 치다　cho*n.dung.i/chi.da　打雷

例句

나는 천둥 치는 게 무섭다.

na.neun/cho*n.dung/chi.neun/ge/mu.so*p.da

我害怕打雷。

갑자기 천둥이 치면서 비가 내렸어요.

gap.jja.gi/cho*n.dung.i/chi.myo*n.so*/bi.ga/ne*.ryo*.sso*.yo

突然一邊打雷一邊下起了雨。

천둥 雷　**무섭다** 害怕、可怕　**갑자기** 突然

植物

나무를 심다　na.mu.reul/ssim.da　種樹

例句

식목일 날 어떤 나무를 심는 게 좋을까요?

sing.mo.gil/nal/o*.do*n/na.mu.reul/ssim.neun/ge/jo.eul.ga.yo
植樹節那天種什麼樹好呢？

매실 나무를 심으려고 합니다.

me*.sil/na.mu.reul/ssi.meu.ryo*.go/ham.ni.da
我想種梅子樹。

| 나무 | 樹 | 심다 | 種 | 식목일 | 植樹節 | 어떤 | 哪種 | 매실 | 梅子 |

식물이 자라다　sing.mu.ri/ja.ra.da　植物生長

例句

이 식물들은 어디에서 자라요?

i/sing.mul.deu.reun/o*.di.e.so*/ja.ra.yo
這些植物是在哪裡生長的呢？

관리를 자주 하지 않아도 잘 자라는 꽃이 있어요?

gwal.li.reul/jja.ju/ha.ji/a.na.do/jal/jja.ra.neun/go.chi/i.sso*.yo
有不需要經常管理就可以長得很好的花嗎？

| 식물 | 植物 | 자라다 | 生長 | 어디 | 哪裡 | 관리 | 管理 | 자주 | 經常 |

나무를 베다　na.mu.reul/be.da　砍樹

例句

가로수를 함부로 베지 마세요.
ga.ro.su.reul/ham.bu.ro/be.ji/ma.se.yo
請勿隨意砍路樹。

나무를 베면 환경이 훼손됩니다.
na.mu.reul/be.myo*n/hwan.gyo*ng.i/hwe.son.dwem.ni.da
砍樹會破壞環境。

나무 樹　**베다** 砍伐　**함부로** 隨意、隨便　**환경** 環境
훼손되다 毀損

풀이 나다　pu.ri/na.da　長草

例句

마른 잔디에 풀이 나고 있습니다.
ma.reun/jan.di.e/pu.ri/na.go/it.sseum.ni.da
乾旱的草皮正長出草來。

풀 草　**마르다** 乾　**잔디** 草皮

꽃이 피다　go.chi/pi.da　開花

例句

봄이 와서 꽃이 핍니다.
bo.mi/wa.so*/go.chi/pim.ni.da

春來花開。

우리 학교에 꽃들이 많이 폈어요.
u.ri/hak.gyo.e/got.deu.ri/ma.ni/pyo*.sso*.yo
我們學校開了很多花。

꽃 花　**피다** 開（花）　**봄** 春天　**학교** 學校　**많이** 多地

꽃이 지다　go.chi/ji.da　花謝

例句

꽃은 이미 거의 다 졌습니다.
go.cheun/i.mi/go*.ui/da/jo*t.sseum.ni.da
花已經幾乎都謝了。

지다 凋謝、掉落　**이미** 已經　**거의** 幾乎　**다** 都、全部

꽃을 따다　go.cheul/da.da　摘花

例句

그녀는 예쁜 꽃을 따서 머리에 꽂았다.
geu.nyo*.neun/ye.beun/go.cheul/da.so*/mo*.ri.e/go.jat.da
她摘了漂亮的花，插在頭髮上。

따다 摘　**그녀** 她　**예쁘다** 漂亮　**머리** 頭、頭髮　**꽂다** 插

꽃이 시들다　go.chi/si.deul.da　花枯萎

例句

꽃잎이 시들면 슬퍼요.

gon.ni.pi/si.deul.myo*n/seul.po*.yo

如果花瓣謝了，會感到哀傷。

블루베리 꽃이 다 시들었어요.

beul.lu.be.ri/go.chi/da/si.deu.ro*.sso*.yo

藍莓花都枯萎了。

시들다 枯萎、凋零　**꽃잎** 花瓣　**슬프다** 悲傷、難過

블루베리 藍莓　**다** 都、全部

비료를 주다　bi.ryo.reul/jju.da　施肥

例句

화분에 비료를 줘야겠다.

hwa.bu.ne/bi.ryo.reul/jjwo.ya.get.da

該幫花盆施肥了。

비료 肥料　**주다** 給予　**화분** 花盆

물을 주다　mu.reul/jju.da　澆水

例句

하루에 한 번씩 화분들에 물을 줍니다.

ha.ru.e/han/bo*n.ssik/hwa.bun.deu.re/mu.reul/jjum.ni.da

一天為花盆澆一次水。

물 水　하루 一天　한 번 一次　씩 每…

싹이 나다　ssa.gi/na.da　發芽

例句

어제 산 고구마에 싹이 났어요.

o*.je/san/go.gu.ma.e/ssa.gi/na.sso*.yo

昨天買的地瓜發芽了。

감자에서 싹이 난 걸 발견했다.

gam.ja.e.so*/ssa.gi/nan/go*l/bal.gyo*n.he*t.da

我發現馬鈴薯發芽了。

싹 芽　어제 昨天　고구마 地瓜　감자 馬鈴薯　발견하다 發現

씨를 뿌리다　ssi.reul/bu.ri.da　播種

例句

먼저 땅을 파고 씨를 뿌리세요.

mo*n.jo*/dang.eul/pa.go/ssi.reul/bu.ri.se.yo

請先挖土再播種。

씨를 뿌렸는데 싹이 계속 안 나네요.

ssi.reul/bu.ryo*n.neun.de/ssa.gi/gye.sok/an/na.ne.yo

我播種了，可是一直長不出芽來。

씨 種子　뿌리다 播、灑　먼저 先　땅 地　파다 挖掘

動物

새가 날다　se*.ga/nal.da　鳥飛

例句

하늘에 검은 새가 날고 있어요.

ha.neu.re/go*.meun/se*.ga/nal.go/i.sso*.yo

黑色的鳥在天空飛翔著。

새　鳥　날다　飛　하늘　天空　검다　黑

하늘을 날다　ha.neu.reul/nal.da　飛翔

例句

저도 참새처럼 하늘을 날고 싶습니다.

jo*.do/cham.se*.cho*.ro*m/ha.neu.reul/nal.go/sip.sseum.ni.da

我也想像麻雀一樣飛翔於天空中。

하늘　天空　날다　飛　참새　麻雀

개가 짖다　ge*.ga/jit.da　狗吠

例句

옆 집 강아지가 계속 짖어서 너무 시끄러워요.

yo*p/jip/gang.a.ji.ga/gye.sok/ji.jo*.so*/no*.mu/si.geu.ro*.wo.yo

隔壁的小狗一直叫很吵。

개　狗　짖다　叫、吠　옆　旁邊　강아지　小狗

애완동물을 키우다　e*.wan.dong.mu.reul/ki.u.da
飼養寵物

例句

제일 키우고 싶은 애완동물은 뭐예요?
je.il/ki.u.go/si.peun/e*.wan.dong.mu.reun/mwo.ye.yo
你最想養的寵物是什麼？

나도 애완동물을 키우고 싶어요.
na.do/e*.wan.dong.mu.reul/ki.u.go/si.po*.yo
我也想養寵物。

애완동물 寵物　**키우다** 飼養、養育　**제일** 最、第一

알을 낳다　a.reul/na.ta　產卵

例句

개구리가 논물 속에 알을 낳았어요.
ge*.gu.ri.ga/non.mul/so.ge/a.reul/na.a.sso*.yo
青蛙在水田裡產卵了。

우리 집 닭이 알을 낳았어요.
u.ri/jip/dal.gi/a.reul/na.a.sso*.yo
我們家的雞下蛋了。

알 卵、蛋　**낳다** 生產、生下　**개구리** 青蛙　**논물** 水田的水
속 內、裡　**닭** 雞

味道、聲音

소리를 내다　so.ri.reul/ne*.da　發出聲音

例句

감기에 걸려서 소리를 내지 못해요.

gam.gi.e/go*l.lyo*.so*/so.ri.reul/ne*.ji/mo.te*.yo

因為感冒，發不出聲音來。

저는 책 읽을 때는 늘 소리를 내서 읽어요.

jo*.neun/che*k/il.geul/de*.neun/neul/sso.ri.reul/ne*.so*/il.go*.yo

我念書的時候，總是會念出聲音來。

소리 聲音　**감기** 感冒　**걸리다** 被掛、卡在　**읽다** 念、閱讀

늘 總是

소리를 줄이다　so.ri.reul/jju.ri.da　降低音量

例句

음악 소리를 좀 줄이세요.

eu.mak/so.ri.reul/jjom/ju.ri.se.yo

請降低音樂音量。

제가 공부 중이니까 라디오 소리 좀 줄여 주시겠어요?

je.ga/gong.bu/jung.i.ni.ga/ra.di.o/so.ri/jom/ju.ryo*/ju.si.ge.sso*.yo

我在讀書，你可以把廣播音量降低嗎？

소리 聲音　**줄이다** 縮小、減小　**음악** 音樂　**공부** 讀書、學習

라디오 廣播

소리가 나다　so.ri.ga/na.da　傳出聲音

例句

부엌에서 이상한 소리가 나네. 안 들려?
bu.o*.ke.so*/i.sang.han/so.ri.ga/na.ne//an/deul.lyo*
廚房傳出奇怪的聲音耶！你有聽到嗎？

인터넷에서 영화를 볼 때 소리는 나지 않아요.
in.to*.ne.se.so*/yo*ng.hwa.reul/bol/de*/so.ri.neun/na.ji/a.na.yo
在網路上看電影時，沒有聲音出現。

소리 聲音　부엌 廚房　이상하다 奇怪　인터넷 網路　영화 電影

향기가 풍기다　hyang.gi.ga/pung.gi.da　發出香氣

例句

바깥에 꽃 향기가 물씬 풍기네요.
ba.ga.te/got/hyang.gi.ga/mul.ssin/pung.gi.ne.yo
外面傳來撲鼻的花香呢！

향기 香氣　풍기다 散發、飄散　바깥 外邊、外面　꽃 花
물씬 撲鼻

經濟

與法律。

Chapter 8

經濟

경기가 좋다　gyo*ng.gi.ga/jo.ta　景氣好

例句

경기가 안 좋을 때 왜 금값은 오릅니까?
gyo*ng.gi.ga/an/jo.eul/de*/we*/geum.gap.sseun/o.reum.ni.ga
景氣不好的時候，為什麼金價會上升呢？

투자의 원칙은 경기가 나쁠 때 사고 경기가 좋아지면 파는 겁니다.
tu.ja.ui/won.chi.geun/gyo*ng.gi.ga/na.beul/de*/sa.go/gyo*ng.gi.ga/
jo.a.ji.myo*n/pa.neun/go*m.ni.da
投資的原則是景氣差的時候買進，景氣變好的話就賣出。

경기 景氣　**왜** 為什麼　**금** 黃金　**값** 價格　**오르다** 上升、上漲
투자 投資　**원칙** 原則　**좋아지다** 變好　**팔다** 賣

경기가 나쁘다　gyo*ng.gi.ga/na.beu.da　景氣差

例句

경기가 나쁠 때 창업을 해야 합니까?
gyo*ng.gi.ga/na.beul/de*/chang.o*.beul/he*.ya/ham.ni.ga
景氣不好的時候，應該要創業嗎？

경기가 어려우면 복권 잘 팔린다고 들었어요.
gyo*ng.gi.ga/o*.ryo*.u.myo*n/bok.gwon/jal/pal.lin.da.go/deu.ro*.
sso*.yo
聽說景氣不佳時，彩券賣得很好。

경기 景氣　　나쁘다 差、不好　　창업 創業　　어렵다 困難　　복권 彩券

팔리다 被賣　　듣다 聽

물가가 오르다　mul.ga.ga/o.reu.da　物價上漲

例句

물가가 오르는 이유는 무엇일까요?

mul.ga.ga/o.reu.neun/i.yu.neun/mu.o*.sil.ga.yo

物價上漲的理由為何？

요즘 물가가 너무 올라서 힘들어요.

yo.jeum/mul.ga.ga/no*.mu/ol.la.so*/him.deu.ro*.yo

最近物價過度上漲，過得很辛苦。

물가 物價　　오르다 上升　　이유 理由　　힘들다 辛苦、吃力

물가가 내리다　mul.ga.ga/ne*.ri.da　物價下跌

例句

물가가 빨리 내렸으면 좋겠어요.

mul.ga.ga/bal.li/ne*.ryo*.sseu.myo*n/jo.ke.sso*.yo

希望物價快點下降

물가가 점점 내립니다.

mul.ga.ga/jo*m.jo*m/ne*.rim.ni.da

物價漸漸下降。

保險

보험을 들다　bo.ho*.meul/deul.da　投保

例句

암 보험을 들려고 해요.
am/bo.ho*.meul/deul.lyo*.go/he*.yo
我想投保癌症險。

저는 개인 의료보험을 들었어요.
jo*.neun/ge*.in/ui.ryo.bo.ho*.meul/deu.ro*.sso*.yo
我投保了個人醫療險。

보험 保險　　암 癌症　　개인 個人　　의료 醫療

보험에 가입하다　bo.ho*.me/ga.i.pa.da　投保

例句

보험은 한 번 가입하면 오래 동안 유지를 해야 해요.
bo.ho*.meun/han/bo*n/ga.i.pa.myo*n/o.re*/dong.an/yu.ji.reul/
he*.ya/he*.yo
一旦投保了，就必須維持很久。

고용 보험에 가입하면 어떤 혜택이 있나요?
go.yong/bo.ho*.me/ga.i.pa.myo*n/o*.do*n/hye.te*.gi/in.na.yo
投保雇用險，會有什麼樣的好處？

보험 保險　　가입하다 加入　　오래 很久、好久　　유지하다 維持

法律

법을 지키다　bo*.beul/jji.ki.da　守法

例句

우리는 항상 법을 지켜야 합니다.

u.ri.neun/hang.sang/bo*.beul/jji.kyo*.ya/ham.ni.da

我們必須要時時守法。

공직자가 법을 지키지 않으면 국민이 법을 믿지 않습니다.

gong.jik.jja.ga/bo*.beul/jji.ki.ji/a.neu.myo*n/gung.mi.ni/bo*.beul/

mit.jji/an.sseum.ni.da

公職者如果不守法，國民會不信任法律。

법 法律　**지키다** 守護、遵守　**항상** 經常　**공직자** 公職人員
국민 國民　**믿다** 相信、信任

법을 어기다　bo*.beul/o*.gi.da　犯法、違法

例句

법을 어기지 마세요.

bo*.beul/o*.gi.ji/ma.se.yo

請勿違法。

외국인이 법을 어기면 처벌이 어떻게 되나요?

we.gu.gi.ni/bo*.beul/o*.gi.myo*n/cho*.bo*.ri/o*.do*.ke/dwe.na.yo

外國人如果違法，會受到什麼處罰呢？

법 法律　**어기다** 違背　**외국인** 外國人　**처벌** 處罰

벌금을 내다　bo*l.geu.meul/ne*.da　繳交罰金

例句

아빠는 속도위반으로 벌금을 내셨다.

we.gu.gi.ni/bo*.beul/o*.gi.myo*n/cho*.bo*.ri/o*.do*.ke/dwe.na.yo

爸爸因為超速駕駛被罰了款。

오늘 벌금 100만원을 내서 지금은 돈이 없어요.

o.neul/bo*l.geum/be*ng.ma.nwo.neul/ne*.so*/ji.geu.meun/do.ni/
o*p.sso*.yo

今天繳了100萬韓圜的罰金，現在沒有錢了。

벌금 罰金　**내다** 拿出、交出　**아빠** 爸爸　**속도위반** 超速駕駛
지금 現在

세금을 납부하다　se.geu.meul/nap.bu.ha.da　納稅

例句

세금을 납부하는 것은 국민의 의무입니다.

se.geu.meul/nap.bu.ha.neun/go*.seun/gung.mi.nui/ui.mu.im.ni.da

納稅是國民的義務。

세금은 모두 납부하셨습니까?

se.geu.meun/mo.du/nap.bu.ha.syo*t.sseum.ni.ga

您的稅都繳納了嗎？

契約、訴訟

계약을 맺다　gye.ya.geul/me*t.da　締結契約

例句

계약을 맺을 때 주의해야 할 점은 무엇인가요?

gye.ya.geul/me*.jeul/de*/ju.ui.he*.ya/hal/jjo*.meun/mu.o*.sin.ga.yo

簽契約時必須注意的點是什麼？

계약 契約、合同　**맺다** 締結　**주의하다** 注意　**점** 點、地方、部分
무엇 什麼

계약해지를 하다　gye.ya.ke*.ji.reul/ha.da　解除契約

例句

저는 계약직 계약해지를 하려고 합니다.

jo*.neun/gye.yak.jjik/gye.ya.ke*.ji.reul/ha.ryo*.go/ham.ni.da

我想解除契約職合同。

계약 契約　**해지하다** 解約、解除　**계약직** 契約職、合同工

재판에서 이기다　je*.pa.ne.so*/i.gi.da　勝訴

例句

재판에서 이길 수 있는 확률이 높아져요.

je*.pa.ne.so*/i.gil/su/in.neun/hwang.nyu.ri/no.pa.jo*.yo

可以勝訴的機率變高了。

이혼 재판에 이기려면 어떻게 해야 할까요?

i.hon/je*.pa.ne/i.gi.ryo*.myo*n/o*.do*.ke/he*.ya/hal.ga.yo

如果想打贏離婚官司，該怎麼做才好？

| 재판 | 判決、審判 | 이기다 | 獲勝、贏 | 확률 | 機率 |
| 높아지다 | 變高、增高 | 이혼 | 離婚 |

재판에서 지다 je*.pa.ne.so*/ji.da 敗訴

例句

이번 재판에서도 졌습니다.

i.bo*n/je*.pa.ne.so*.do/jo*t.sseum.ni.da

這次的判決也輸了。

이번 소송에서 지면 항소를 할 수 있습니다.

i.bo*n/so.song.e.so*/ji.myo*n/hang.so.reul/hal/ssu/it.sseum.ni.da

如果這次的官司輸了，可以上訴。

| 재판 | 判決、審判 | 지다 | 輸 | 이번 | 這次 | 소송 | 官司、訴訟 |
| 항소하다 | 上訴、抗訴 |

其
他。

Chapter 9

鼓勵、打氣

기운을 내다 gi.u.neul/ne*.da 振作精神

例句

기운 내세요.
gi.un/ne*.se.yo
打起精神來吧。

혼자라고 생각하지 말고 제발 기운을 내요.
hon.ja.ra.go/se*ng.ga.ka.ji/mal.go/je.bal/gi.u.neul/ne*.yo
不要覺得自己獨自一人，拜託打起精神來吧。

기운 精神、力氣 **내다** 拿出 **혼자** 獨自、一個人
생각하다 思考、想 **제발** 千萬、拜託

힘을 내다 hi.meul/ne*.da 振作、加油

例句

너무 낙심하지 말아요. 힘 내세요.
no*.mu/nak.ssim.ha.ji/ma.ra.yo//him/ne*.se.yo
不要灰心，加油！

내가 많이 도와줄 테니까 힘내!
ne*.ga/ma.ni/do.wa.jul/te.ni.ga/him.ne*
我會全力幫助你的，所以振作起來吧！

힘 力量 **내다** 拿出 **낙심하다** 灰心 **많이** 多多地 **도와주다** 幫助

정신을 차리다　jo*ng.si.neul/cha.ri.da　打起精神、清醒

例句

정신 좀 차려!

jo*ng.sin/jom/cha.ryo*
打起精神來！

정신을 좀 차리세요.

jo*ng.si.neul/jjom/cha.ri.se.yo
清醒一點。

정신 精神　　**차리다** 清醒　　**좀** 稍微、一點

마음을 먹다　ma.eu.meul/mo*k.da　下定決心

例句

마음만 먹으면 뭐든 할 수 있어요.

ma.eum.man/mo*.geu.myo*n/mwo.deun/hal/ssu/i.sso*.yo
只要下定決心，什麼都辦的到。

아이들에게 사과하기로 마음 먹었습니다.

a.i.deu.re.ge/sa.gwa.ha.gi.ro/ma.eum/mo*.go*t.sseum.ni.da
我下定決心要向孩子們道歉了。

마음 心　　**먹다** 吃　　**아이** 小孩　　**사과하다** 道歉

生氣

화가 나다 hwa.ga/na.da 生氣

例句

왜 화가 나요?
we*/hwa.ga/na.yo
為什麼生氣呢？

아직도 화나 있어요?
a.jik.do/hwa.na/i.sso*.yo
你還在生氣啊？

정말 제 자신에 화가 나요.
jo*ng.mal/jje/ja.si.ne/hwa.ga/na.yo
我真氣我自己。

정말 화가 나요. 이건 불공평해요.
jo*ng.mal/hwa.ga/na.yo//i.go*n/bul.gong.pyo*ng.he*.yo
真的很生氣，這不公平。

| 화 | 火、氣 | 왜 | 為什麼 | 아직 | 尚未、還 | 정말 | 真的 | 자신 | 自己 |
| 이건 | 為이것은的縮寫 | 불공평하다 | 不公平 |

기가 막히다 gi.ga/ma.ki.da 生氣、無奈

例句

참 기가 막혀요.
cham/gi.ga/ma.kyo*.yo
很生氣耶！

그 사람을 생각하면 진짜 기가 막혀요.
geu/sa.ra.meul/sse*ng.ga.ka.myo*n/jin.jja/gi.ga/ma.kyo*.yo
一想到他，就火大。

기 氣息、元氣　막히다 堵塞、不通　참 真　생각하다 思考、想
진짜 真的

열을 받다　yo*.reul/bat.da　生氣、上火

例句

열 받아요.
yo*l/ba.da.yo
火大。

진짜 열 받네요.
jin.jja/yo*l/ban.ne.yo
真火大耶！

열 熱　받다 收到、拿到　진짜 真的

화를 풀다　hwa.reul/pul.da　消氣、解氣

例句

술 한 잔 드시고 화를 좀 푸세요.

sul/han/jan/deu.si.go/hwa.reul/jjom/pu.se.yo

喝杯酒，消消氣吧！

여자친구 화를 풀 수 있는 방법 좀 알려 주세요.

yo*.ja.chin.gu/hwa.reul/pul/su/in.neun/bang.bo*p/jom/al.lyo*/

ju.se.yo

請告訴我可以讓女朋友消氣的方法。

화 火、氣　**풀다** 解開、消解　**술** 酒　**여자친구** 女朋友　**방법** 方法

알리다 告知

욕을 먹다　yo.geul/mo*k.da　挨罵、遭人侮辱

例句

술 취한 사람에게 욕을 먹었어요.

sul/chwi.han/sa.ra.me.ge/yo.geul/mo*.go*.sso*.yo

我被酒醉的人罵了。

제가 지금 욕을 많이 먹고 있습니다.

je.ga/ji.geum/yo.geul/ma.ni/mo*k.go/it.sseum.ni.da

我正被人罵得很慘。

욕 罵、惡口　**먹다** 吃　**술** 酒　**취하다** 醉　**사람** 人　**지금** 現在

많이 多、不少

害怕、膽小

겁을 먹다　go*.beul/mo*k.da　膽怯、害怕

例句

겁 먹지 말아요.

go*p/mo*k.jji/ma.ra.yo

別害怕。

사실 처음에 겁을 좀 먹었거든요.

sa.sil/cho*.eu.me/go*.beul/jjom/mo*.go*t.go*.deu.nyo

其實我一開始有點害怕。

겁 膽怯、害怕　사실 其實、事實　처음 一開始、起初

겁이 많다　go*.bi/man.ta　膽怯、膽小

例句

나는 겁이 많은 사람이다.

na.neun/go*.bi/ma.neun/sa.ra.mi.da

我是很膽小的人。

우리 강아지가 겁이 너무 많아요.

u.ri/gang.a.ji.ga/go*.bi/no*.mu/ma.na.yo

我家小狗很膽小。

겁 膽怯、害怕　많다 多　사람 人　강아지 小狗

位置、方向

N에 가다　e/ga.da　去某地

例句

어디에 가세요?
o*.di.e/ga.se.yo
你要去哪裡？

교실에 가요.
gyo.si.re/ga.yo
去教室。

교회에 갑니다.
gyo.hwe.e/gam.ni.da
去教會。

우리 식당에 갑시다.
u.ri/sik.dang.e/gap.ssi.da
我們去餐館吧！

어디 哪裡　　교실 教室　　교회 教會　　식당 食堂、餐館

N에 있다　e/it.da　在…

例句

책이 책상 위에 있습니다.
che*.gi/che*k.ssang/wi.e/it.sseum.ni.da

書在書桌上。

야채하고 고기는 냉장고 안에 있어요.
ya.che*.ha.go/go.gi.neun/ne*ng.jang.go/a.ne/i.sso*.yo
蔬菜和肉在冰箱裡。

교실 안에 칠판이 있어요.
gyo.sil/a.ne/chil.pa.ni/i.sso*.yo
教室裡有黑板。

핸드폰이 어디에 있어요?
he*n.deu.po.ni/o*.di.e/i.sso*.yo
手機在哪裡？

있다 在、有　책 書　책상 書桌　위 上面　야채 蔬菜

고기 肉　냉장고 冰箱　안 內、裡面

N에 넣다　e/no*.ta　放入

例句

세탁물을 세탁기에 넣어 주세요.
se.tang.mu.reul/sse.tak.gi.e/no*.o*/ju.se.yo
請你把洗衣物放入洗衣機裡。

동생이 항상 동전을 저금통에 넣어요.
dong.se*ng.i/hang.sang/dong.jo*.neul/jjo*.geum.tong.e/no*.o*.yo
弟弟經常把硬幣投入存錢筒中。

各種動作、行為

단추를 누르다　dan.chu.reul/nu.reu.da　按按鈕

例句

바탕화면에서 마우스 오른쪽 단추를 누르세요.

ba.tang.hwa.myo*.ne.so*/ma.u.seu/o.reun.jjok/dan.chu.reul/
nu.reu.se.yo

請在桌面按下滑鼠右鍵。

그 단추 절대 누르면 안 돼요.

geu/dan.chu/jo*l.de*/nu.reu.myo*n/an/dwe*.yo

絕對不可以按那個按鈕。

단추 按鈕　**바탕화면** 桌面背景　**마우스** 滑鼠　**오른쪽** 右邊
절대 絕對

손을 대다　so.neul/de*.da　觸摸、動手

例句

손을 대지 마세요.

so.neul/de*.ji/ma.se.yo

請勿觸摸。

내 돈에 손대면 죽는다.

ne*/do.ne/son.de*.myo*n/jung.neun.da

你敢碰我的錢，你就死定了。

손 手　대다 接觸、貼　돈 錢　죽다 死

손을 들다　so.neul/deul.da　舉手

例句

자, 손을 들어 주세요.
ja//so.neul/deu.ro*/ju.se.yo
來，請把手舉起來。

그때 한 학생이 손을 들고 말했다.
geu.de*/han/hak.sse*ng.i/so.neul/deul.go/mal.he*t.da
那時，有位學生舉手發言了。

손 手　들다 舉　그때 那時　말하다 説

선을 긋다　so*.neul/geut.da　劃線

例句

여기에 선을 그어 보세요.
yo*.gi.e/so*.neul/geu.o*/bo.se.yo
請在這裡畫線。

선 線　긋다 劃　여기 這裡

박수를 치다　bak.ssu.reul/chi.da　拍手

例句

큰 소리로 박수를 치세요.

keun/so.ri.ro/bak.ssu.reul/chi.se.yo

請大聲鼓掌。

여러분 다 같이 박수 칩시다.

yo*.ro*.bun/da/ga.chi/bak.ssu/chip.ssi.da

大家一起鼓掌。

박수 拍手、鼓掌　**크다** 大　**소리** 聲音　**여러분** 各位　**다** 都、全部
같이 一起

발로 차다　bal.lo/cha.da　用腳踢

例句

자판기를 발로 차지 마세요.

ja.pan.gi.reul/bal.lo/cha.ji/ma.se.yo

請勿用腳踢自動販賣機。

발로 컴퓨터를 찼는데 고장났어요.

bal.lo/ko*m.pyu.to*.reul/chan.neun.de/go.jang.na.sso*.yo

我用腳踢了電腦，結果壞掉了。

발 腳　**차다** 踢　**자판기** 自動販賣機　**컴퓨터** 電腦
고장나다 故障、壞掉

其他

비행기를 태우다 　bi.he*ng.gi.reul/te*.u.da
奉承、拍馬屁

例句

비행기 좀 그만 태워.

bi.he*ng.gi/jom/geu.man/te*.wo

別在奉承我了。

그건 비행기 태우는 게 아니라 칭찬이에요.

geu.go*n/bi.he*ng.gi/te*.u.neun/ge/a.ni.ra/ching.cha.ni.e.yo

那不是奉承而是稱讚。

왕따를 당하다 　wang.da.reul/dang.ha.da　被排擠

例句

저는 왕따를 당한 적이 있습니다.

jo*.neun/wang.da.reul/dang.han/jo*.gi/it.sseum.ni.da

我被人排擠過。

다시는 왕따를 당하고 싶지 않아요.

da.si.neun/wang.da.reul/dang.ha.go/sip.jji/a.na.yo

我再也不想被排擠了。

나를 왕따시키지 마.

na.reul/wang.da.si.ki.ji/ma

不要排擠我。

왕따 局外人　　다시 再次　　시키다 讓、使…

기억에 남다　gi.o*.ge/nam.da　留在記憶中

例句

여러분에게 기억에 남는 추억은 무엇이 있나요?

yo*.ro*.bu.ne.ge/gi.o*.ge/nam.neun/chu.o*.geun/mu.o*.si/in.na.yo

留存在大家記憶裡的回憶有什麼呢？

좋은 모습으로 여러분의 기억에 남고 싶어요.

jo.eun/mo.seu.beu.ro/yo*.ro*.bu.nui/gi.o*.ge/nam.go/si.po*.yo

我想以最好的姿態留存在大家的記憶裡。

기억 記憶　　남다 剩下、留下　　여러분 各位、大家　　추억 回憶
모습 模樣、姿態

신경을 쓰다　sin.gyo*ng.eul/sseu.da　操心、煩心

例句

신경 쓰지 마세요.

sin.gyo*ng/sseu.ji/ma.se.yo

別放在心上。

신경을 안 써도 됩니다.

sin.gyo*ng.eul/an/sso*.do/dwem.ni.da

您可以不必操心。

신경 神經　　쓰다 花費、使用　　안 不

폐를 끼치다 pye.reul/gi.chi.da 打擾、添麻煩

例句

폐를 끼쳐서 죄송합니다.

pye.reul/gi.cho*.so*/jwe.song.ham.ni.da

給你添麻煩了，對不起。

번번이 와서 폐만 끼칩니다.

bo*n.bo*.ni/wa.so*/pye.man/gi.chim.ni.da

每次來都給您添麻煩。

폐 麻煩　　**끼치다** 添（麻煩）　　**죄송하다** 對不起　　**번번이** 每次

이해가 가다 i.he*.ga/ga.da 理解

例句

도저히 이해가 안 가요.

do.jo*.hi/i.he*.ga/an/ga.yo

我實在無法理解。

정말 이해가 안 됩니다.

jo*ng.mal/i.he*.ga/an/dwem.ni.da

真的無法理解。

시간을 지키다 si.ga.neul/jji.ki.da 守時

例句

약속 시간 꼭 지키세요.

yak.ssok/si.gan/gok/ji.ki.se.yo

請一定要守時。

약속 시간 안 지키는 남자친구와 헤어졌습니다.

yak.ssok/si.gan/an/ji.ki.neun/nam.ja.chin.gu.wa/he.o*.jo*t.sseum.ni.da

我和不守時的男朋友分手了。

시간 時間 　**지키다** 遵守、守護　**약속** 約定、約好　**꼭** 一定

헤어지다 分手、分離

시간을 내다　si.ga.neul/ne*.da　騰出時間

例句

꼭 시간을 내어 한 번 보시기를 바랍니다.

gok/si.ga.neul/ne*.o*/han/bo*n/bo.si.gi.reul/ba.ram.ni.da

希望您務必抽出時間看看。

귀한 시간을 내 주셔서 감사합니다.

gwi.han/si.ga.neul/ne*/ju.syo*.so*/gam.sa.ham.ni.da

感謝您撥出寶貴的時間。

시간 時間　**꼭** 一定　**한 번** 一次　**귀하다** 寶貴、珍貴

감사하다 感謝

永續圖書
線上購物網

www.foreverbooks.com.tw

國家圖書館出版品預行編目資料

韓國人最常用的慣用語 ／ 雅典韓研所企編.
-- 初版. -- 新北市：雅典文化，民103.02
面； 公分. --（韓語學習；3）
ISBN 978-986-5753-03-0（平裝附光碟片）
1. 韓語 2. 慣用語

803.22 102025463

韓語學習系列 03

韓國人最常用的慣用語

企　　編／雅典韓研所
責任編輯／呂欣穎
美術編輯／林于婷
封面設計／劉逸芹

法律顧問：方圓法律事務所／涂成樞律師

總經銷：永續圖書有限公司
永續圖書線上購物網
www.foreverbooks.com.tw

CVS代理／美璟文化有限公司
TEL：（02）2723-9968
FAX：（02）2723-9668

出版日／2014年2月

雅典文化

出版社
22103　新北市汐止區大同路三段194號9樓之1
TEL　（02）8647-3663
FAX　（02）8647-3660

韓國人最常用的慣用語

雅致風靡　典藏文化

親愛的顧客您好，感謝您購買這本書。即日起，填寫讀者回函卡寄回至本公司，我們每月將抽出一百名回函讀者，寄出精美禮物並享有生日當月購書優惠！想知道更多更即時的消息，歡迎加入"永續圖書粉絲團"您也可以選擇傳真、掃描或用本公司準備的免郵回函寄回，謝謝。

傳真電話：（02）8647-3660　　　電子信箱：yungjiuh@ms45.hinet.net

姓名：	性別：	□男　　□女

出生日期：　年　　月　　日　　電話：

學歷：　　　　　　　　　職業：

E-mail：

地址：□□□

從何處購買此書：　　　　　　　購買金額：　　　　元

購買本書動機：□封面 □書名 □排版 □內容 □作者 □偶然衝動

你對本書的意見：
內容：□滿意□尚可□待改進　　編輯：□滿意□尚可□待改進
封面：□滿意□尚可□待改進　　定價：□滿意□尚可□待改進

其他建議：

總經銷：永續圖書有限公司

永續圖書線上購物網
www.foreverbooks.com.tw

您可以使用以下方式將回函寄回。

您的回覆，是我們進步的最大動力，謝謝。

① 使用本公司準備的免郵回函寄回。

② 傳真電話：（02）8647-3660

③ 掃描圖檔寄到電子信箱：

　　yungjiuh@ms45.hinet.net

沿此線對折後寄回，謝謝。

廣 告 回 信
基隆郵局登記證
基隆廣字第056號

2 2 1 0 3

 雅典文化事業有限公司　收
新北市汐止區大同路三段194號9樓之1